El cuarto de Jacob

Virginia Woolf

El cuarto de Jacob

Nueva traducción al español
traducido del inglés por Guillermo Tirelli

Rosetta Edu

Título original: *Jacob's Room*

Primera publicación: 1922

Primera edición: Junio 2021
Segunda edición: Marzo 2023

Publicado por Rosetta Edu
Londres, Junio 2021
www.rosettaedu.com

ISBN: 978-1-915088-71-0

Rosetta Edu

CLÁSICOS EN ESPAÑOL

Rosetta Edu presenta en esta colección libros clásicos de la literatura universal en nuevas traducciones al español, con un lenguaje actual, comprensible y fiel al original.

Las ediciones consisten en textos íntegros y las traducciones prestan especial atención al vocabulario, dado que es el mismo contenido que ofrecemos en nuestras célebres ediciones bilingües utilizadas por estudiantes avanzados de lengua extranjera o de literatura moderna.

Acompañando la calidad del texto, los libros están impresos sobre papel de calidad, en formato de bolsillo o tapa dura, y con letra legible y de buen tamaño para dar un acceso más amplio a estas obras.

Rosetta Edu
Londres
www.rosettaedu.com

INDICE

Capítulo uno

«Y así, por supuesto», escribió Betty Flanders, hundiendo sus tacones un poco más profundo en la arena, «lo único que quedaba por hacer era irse».

Surgiendo suavemente de la punta de su pluma dorada, la tinta, de un pálido azul, ahogó el punto final; porque allí se detuvo su estilográfica; sus ojos se fijaron y paulatinamente se llenaron de lágrimas. La bahía entera se estremeció; el faro vaciló; y ella tuvo la ilusión que el mástil del pequeño velero de Mr Connor se curvaba como una candela al sol. Ella parpadeó rápidamente. Los accidentes eran cosas horribles. Parpadeó nuevamente. El mástil estaba recto; las olas eran regulares; el faro estaba erguido; pero la mancha de tinta se había extendido.

«...lo único que quedaba por hacer era irse», leyó ella.

—Bueno, si Jacob no quiere jugar —la sombra de Archer, su hijo mayor, se proyectaba a través del papel de cartas y parecía azul sobre la arena, y ella sintió un escalofrío... ya era tres de setiembre—, si Jacob no quiere jugar —¡qué mancha horrible! Se debe estar haciendo tarde.

—¿Dónde *está* ese niñito tedioso? —dijo ella—. No lo veo. Corre y encuéntralo. Dile que venga de una vez. —«...pero a Dios gracias», garabateó, ignorando el punto final, «todo parece haberse arreglado para mejor, aun si estamos como sardinas en lata, y forzados a poner al costado el cochecito que la casera, naturalmente, no permite...».

Tales eran las cartas de Betty Flanders al capitán Barfoot... interminables, manchadas de lágrimas. Scarborough queda a setecientas millas de Cornualles: el capitán Barfoot está en Scarborough: Seabrook está muerto. Las lágrimas ondularon todas las dalias de su jardín en olas rojas e hicieron destellar el invernadero en sus ojos, y motearon la cocina con cuchillos brillantes e hicieron pensar a Mrs Jarvis, la esposa del pastor, mientras la melodía del himno tocaba en la iglesia y Mrs Flanders se agachaba sobre las cabezas de sus hijitos, que el matrimonio es una fortaleza y que las viudas se extravían solitarias en los campos abiertos, recogiendo piedras, cosechando unas pocas espigas doradas, pobres criaturas solitarias, desprotegidas. Ya hacía dos años que Mrs Flanders era viuda.

—¡Ja-cob! ¡Ja-cob! —gritó Archer.

«Scarborough», escribió Mrs Flanders en el sobre, subrayando fuertemente la palabra; era su ciudad natal; el centro del universo.

Pero... ¿un sello? Hurgó en su bolso; luego lo sostuvo boca abajo; luego lo vació sobre la falda y buscó a tientas, todo de manera tan vigorosa que Charles Steele, con su sombrero panamá, suspendió su pincel en el aire.

El pincel verdaderamente temblaba, como las antenas de algún insecto irritable. Aquí estaba esta mujer moviéndose... en realidad estaba por levantarse... ¡maldita sea! Dio un rápido toque de un negro violáceo al lienzo. Porque el paisaje lo necesitaba. Era demasiado pálido... los grises se fundían en los azules lavanda y una estrella o una gaviota blanca, simplemente suspendidas... demasiado pálido, como siempre. Los críticos dirían que era demasiado pálido, porque él era un desconocido exhibiendo en oscuras galerías, un favorito entre los niños de sus caseras, llevando una cruz en su cadena de reloj, y estaba muy agradecido si a sus caseras les gustaban sus pinturas... lo que sucedía a menudo.

—¡Ja-cob! ¡Ja-cob! —gritó Archer.

Exasperado por el ruido, aun si quería a los niños, Steele untó su pincel nerviosamente entre las pequeñas espirales oscuras de su paleta.

—Vi a tu hermano... vi a tu hermano —dijo, asintiendo con la cabeza, mientras Archer lo pasaba a la zaga, arrastrando su pala, frunciendo el ceño al viejo caballero de gafas.

—Por allí... cerca de la roca —farfulló Steele, con su pincel entre los dientes, estrujando el tubo de ocre puro y manteniendo sus ojos fijos en la espalda de Betty Flanders.

—¡Ja-cob! ¡Ja-cob! —gritó Archer, andando perezosamente, después de un segundo.

La voz tenía una tristeza extraordinaria. Depurada de todo cuerpo, depurada de toda pasión, yéndose al mundo, solitaria, sin respuesta, quebrando contra las rocas; así sonaba.

Steele frunció el ceño, pero estaba satisfecho por el efecto del negro... era justamente *esa* nota la que unía todo el resto: —¡Ah, sí que uno puede aprender a pintar a los cincuenta! Allí está Tiziano... —Y así, habiendo encontrado el matiz correcto, levantó la mirada y vio, para horror suyo, una nube sobre la bahía.

Mrs Flanders se levantó, sacudió su abrigo de este lado y del otro para quitarle la arena, y recogió su parasol negro.

La roca era una de aquellas de un marrón tremendamente sólido, o más bien negro; rocas que emergen de la arena como algo primitivo. Áspera a causa de las conchillas de lapa arrugadas y sembrada aquí y allá con mechas de algas secas, un muchacho pequeño tiene que estirar sus piernas ampliamente, y de hecho sentirse bastante heroico, antes de llegar a la cima.

Pero allí, en la cima, hay un pozo lleno de agua, con una base arenosa, con una masa gelatinosa pegada al costado, y algunas almejas. Un pez lo atraviesa como un rayo. La hilera de algas de un amarillo amarronado se agita, y sale un cangrejo con un caparazón opalino...

—¡Oh, un cangrejo gigante! —murmuró Jacob... y sobre sus piernas débiles este empieza su travesía en el fondo arenoso. ¡Ahora! Jacob hundió su mano. El cangrejo estaba frío y era muy liviano. Pero el agua estaba turbia de arena, y así, gateando hacia abajo, Jacob estaba a punto de saltar, sosteniendo el balde frente a sí, cuando vio, extendidos lado a lado, enteramente rígidos, sus caras muy enrojecidas, un hombre y una mujer enormes.

Un hombre y una mujer enormes (era el día en que las tiendas cierran temprano) que estaban extendidos inmóviles, con sus cabezas sobre pañuelos de bolsillo, lado a lado, a pocos pasos del mar, mientras dos o tres gaviotas eludían graciosamente las olas que llegaban y se posaban cerca de sus botas.

Las grandes caras enrojecidas descansando sobre las bandanas miraron a Jacob fijamente hacia arriba. Jacob los miró fijamente hacia abajo. Tomando su balde muy cuidadosamente, Jacob saltó deliberadamente y trotó alejándose muy sin cuidado al principio, pero más rápido y más rápido cuando las olas espumosas venían hasta él y tenía que virar bruscamente para evitarlas, y las gaviotas volaron frente a él y se fueron flotando en el aire y se posaron algo más lejos. Una gran mujer negra estaba sentada en la arena. Él corrió hacia ella.

—¡Tata! ¡Tata! —gritó, sollozando con palabras entrecortadas en su respiración jadeante.

Las olas venían a su alrededor. Ella era una roca. Estaba cubierta de algas que reventaban cuando se las presionaba. Él se había perdido.

Allí se quedó parado. Su cara recobró la compostura. Estaba a punto de dar un alarido cuando, descansando entre los palos negros y la paja bajo el acantilado, vio una calavera entera... tal vez la calavera de una vaca, una calavera, tal vez, con los dientes en ella. Sollozando, pero absorto, corrió más y más hasta que tomó la calavera entre sus brazos.

—¡Allí está! —gritó Mrs Flanders, llegando del otro lado de la roca y cubriendo la distancia de la playa entera en unos segundos—. ¿Qué ha agarrado? ¡Déjalo allí, Jacob! ¡Tíralo en este preciso momento! Algo horrible, lo sé. ¿Por qué no te quedaste con nosotros? ¡Niñito malcriado! Déjalo allí, ahora. Y vengan ahora mismo los dos. —Ella se volvió rápidamente, sosteniendo a Archer con una mano y tanteando por el brazo de Jacob con la otra. Pero él se libró y recogió la mandíbula de oveja, que estaba floja.

Balanceando el bolso, agarrando firmemente el parasol, sosteniendo la mano de Archer, y contando la historia de la explosión de pólvora en la que el pobre Mr Curnow había perdido su ojo, Mrs Flanners se dio prisa por el sendero empinado, consciente todo el tiempo, en el fondo de su mente, de algún malestar enterrado.

Allí, sobre la arena, no muy lejos de los amantes, yacía la vieja calavera de oveja sin su quijada. Limpia, blanca, gastada por el viento, pulida por la arena, en ninguna otra parte de la costa de Cornualles existía una pieza de hueso más incontaminada. El acanto de las dunas crecería en sus órbitas, se transformaría en polvo, o bien un buen día algún golfista golpeándola con su pelota levantaría una polvareda... No, pero no en un alojamiento, pensó Mrs Flanders. Es una gran prueba venir desde tan lejos con niños pequeños. No hay un hombre que ayude con el cochecito. Y Jacob es tan travieso, tan obstinado ya.

—Tíralo, querido, hazlo —dijo ella, cuando llegaban a la carretera, pero Jacob se escapó, alejándose de ella; y como se levantaba viento, ella sacó la aguja que sostenía su sombrero, miró hacia el mar, y la volvió a colocar. Se seguía levantando viento. Las olas mostraban el desasosiego, como algo vivo, impaciente, esperando el látigo antes de la tormenta. Los barcos pesqueros se inclinaban hacia el borde del agua. Una luz de un amarillo pálido cruzó el mar purpúreo; y se extinguió. El faro estaba encendido—. ¡Vengan! —dijo Betty Flanders. El sol ardía en sus caras y doraba las grandes zarzamoras que temblaban fuera del seto que Archer trataba de estropear mientras pasaban.

—No se queden rezagados, niños. No tienen nada con que cambiarse —dijo Betty, tironéandolos y mirando con preocupada emoción la tierra expuesta de manera escabrosa, con súbitos brillos de los invernaderos en los jardines, como mutando entre amarillo y negro, contra este atardecer ardiente, contra esta sorprendente agitación y vitalidad del color que agitaba a Betty Flanders y le hacía pensar en la responsabilidad y el peligro. Ella tomó la mano de Archer. Con paso lento continuó subiendo la colina.

—¿Qué te había pedido que recordaras? —dijo ella.

—No lo sé —dijo Archer.

—Bueno, yo tampoco lo sé —dijo Betty, con humor y simplicidad. Y, ¿quién podría negar que esta simplicidad de mente, cuando se combina con profusión, sentido común, historias de buenas esposas, reacciones imprevisibles, momentos de maravilloso coraje, humor y sentimentalidad... quién podría negar, que en lo que a esto respecta, cada mujer es más agradable que ningún hombre?

Bueno, para comenzar: Betty Flanders.

Ella posaba la mano sobre la puerta del jardín.

—¡La carne! —exclamó, dejando caer el pestillo.

Había olvidado la carne.

Allí estaba Rebecca en la ventana.

El vacío del cuarto de estar de Mrs Pearce quedó completamente expuesto cuando una poderosa lámpara de aceite fue colocada en el medio de la mesa a las diez de la noche. La luz cruda caía sobre el jardín, atravesaba directamente el césped e iluminaba el balde de un niño y un áster púrpura para alcanzar el seto. Mrs Flanders había dejado su costura sobre la mesa. Allí estaban sus grandes carretes de algodón blanco y sus gafas de acero, su caja de agujas, su ovillo de lana marrón alrededor de una vieja postal. Allí estaban las aneas y las revistas Strand, y el linóleo con arena de las botas de los muchachos. Una típula atravesó de rincón a rincón y golpeó el cristal de la lámpara. El viento trazaba contra la ventana líneas oblicuas de lluvia que cruzando la zona iluminada destellaban brillos plateados. Una hoja solitaria tamborileaba rápida y persistentemente contra el vidrio. Había un huracán al fondo del mar.

Archer no podía dormir.

Mrs Flanders se encorvó sobre él: —Piensa en las hadas —dijo Betty Flanders—. Piensa en los pajaritos, los encantadores pajaritos posándose en sus nidos. Ahora cierra tus ojos y mira a la vieja mamá pájaro con un gusano en su pico. Ahora date la vuelta y cierra tus ojos —murmuraba—, y cierra tus ojos.

El alojamiento parecía lleno de borboteos y ráfagas, la cisterna rebalsaba; agua burbujeando y chirriando y corriendo a lo largo de los caños y ondeando hacia abajo en las ventanas.

—¿Qué es toda esa agua entrando? —murmuró Archer.

—Es solo el agua del baño descargándose —dijo Mrs Flanders.

Algo chasqueó fuera.

—Pero, digo, ¿no se hundirá el barco a vapor? —dijo Archer, abriendo los ojos.

—Por supuesto que no —dijo Mrs Flanders—. El capitán está en cama ya hace rato. Cierra tus ojos, y piensa en las hadas, que duermen profundamente, bajo las flores.

—Pensé que nunca se iba a quedar dormido... semejante huracán —susurró a Rebecca que se inclinaba sobre una lámpara de bencina en el pequeño cuarto vecino. Fuera soplaba el viento, pero la pequeña llama de la lámpara de bencina ardía tranquilamente, un libro colocado de canto protegía la cuna con su sombra.

—¿Tomó bien su biberón? —murmuró Mrs Flanders, y Rebecca asentó con la cabeza, fue a la cuna y dobló el edredón, y Mrs Flanders se inclinó y miró ansiosamente al bebé, dormido, pero con el ceño fruncido. La ventana se sacudió, y Rebecca se escabulló como un gato y la calzó.

Las dos mujeres murmuraban sobre la lámpara de bencina, tramando la conspiración eterna de silencio y limpios biberones mientras el viento se enfurecía y daba un tirón a las cerraduras baratas.

Ambas se volvieron hacia la cuna. Sus labios estaban fruncidos. Mrs Flanders atravesó el cuarto y se aproximó a la cuna.

—¿Dormido? —susurró Rebecca, mirando hacia la cuna.

Mrs Flanders asintió.

—Buenas noches, Rebecca —murmuró Mrs Flanders, y Rebecca la llamó «señora», aun cuando eran conspiradoras tramando la conspiración eterna de silencio y limpios biberones.

Mrs Flanders había dejado la lámpara ardiendo en el cuarto de estar. Allí estaban sus gafas, su costurero, y una carta con el matasellos de Scarborough. Tampoco había corrido las cortinas.

La lámpara proyectaba su luz sobre el área de césped, caía sobre el balde del niño, verde con la línea dorada a su alrededor, y sobre el áster que temblaba violentamente a su lado. Porque el viento se había lanzado a través de la costa, se enroscaba en las montañas, y se elevaba, en ráfagas súbitas, encima de su propia espalda. ¡Cómo se esparcía en el vacío sobre la ciudad! ¡Cómo parecía que las luces titilaban y se estremecían bajo su furia, luces en el puerto, luces en las altas ventanas de los dormitorios! Y, haciendo ondular oscuras olas ante él, aceleró sobre el Atlántico, sacudiendo las estrellas sobre los barcos por este camino o el otro.

Hubo un chasquido en la sala de estar de la fachada. Mr Pearce había apagado la lámpara. El jardín desapareció. Era solo una zona oscura. Cada pulgada estaba empapada. Cada brizna de césped se curvaba por la lluvia. Los párpados se habrían mantenido cerrados por el peso de la lluvia. Recostado sobre la espalda uno no habría visto más que desorden y confusión... nubes dando vueltas y vueltas, y en la oscuridad algo con un matiz amarillo y sulfuroso.

Los muchachitos en el dormitorio de la fachada habían tirado sus cobijas y descansaban bajo las sábanas. Hacía calor, el aire era más bien denso y vaporoso. Archer estaba extendido, con un brazo atravesando la almohada. Tenía las mejillas sonrojadas y, cuando la pesada cortina se infló un poco, él se dio vuelta y entreabrió los ojos. En efecto, el viento agitaba el paño sobre la cómoda, y dejaba pasar un haz de luz, de tal manera que el borde afilado de la cómoda se hacía visible, continuaba derecho, hasta que una forma blanca sobresalía, y una veta plateada se mostraba en el espejo.

En la otra cama, al lado de la puerta, Jacob yacía dormido, profundamente dormido, profundamente inconsciente. La quijada de oveja con los grandes dientes amarillos descansaba a sus pies. La había pateado contra el marco de hierro de la cama carril.

Fuera llovía torrencialmente, aun más directa y poderosamente en las primeras horas de la mañana, cuando el viento decaía. El áster estaba derribado por tierra. El balde del niño estaba lleno por la mitad de agua de lluvia y el cangrejo de caparazón opalino tornaba en círculos en el fondo, intentando escalar con sus débiles piernas por el lado empinado, intentando de nuevo y cayendo, e intentando de nuevo y de nuevo.

Capítulo dos

«Mrs Flanders...». «Pobre Betty Flanders...». «Querida Betty...». «Es muy atractiva todavía...». «¡Qué extraño que no se case de nuevo!...». «Por supuesto está el capitán Barfoot... la visita todos los miércoles, regular como un reloj, y nunca trae a su mujer».

«Pero eso es culpa de Ellen Barfoot», decían las damas de Scarborough, «no hace un esfuerzo por nadie».

«A un hombre le gusta tener un hijo... eso sabemos».

«Algunos tumores tienen que ser extirpados, pero mi madre tuvo que soportar el suyo por años y años, y que nadie te lleve ni siquiera una taza de té a la cama».

(Mrs Barfoot era inválida).

Elizabeth Flanders, de quien esto y mucho más que esto había sido y sería dicho, era, por supuesto, una viuda en su esplendor. Estaba a mitad de camino entre los cuarenta y los cincuenta. Años y penas entre estas edades; la muerte de Seabrook, su esposo; tres hijos; pobreza; una casa en las afueras de Scarborough; su hermano, pobre Morty, arruinado y tal vez muerto... porque, ¿dónde estaba?, ¿qué era de él? Haciendo sombra sobre sus ojos miró hacia la carretera buscando al capitán Barfoot... sí, allí estaba, puntual como siempre; las atenciones del capitán... haciendo florecer a Betty Flanders, redondeando sus formas, dando un tono de jovialidad a su tez, e inundando sus ojos sin razón alguna, que alguien pueda ver, tal vez tres veces por día.

Es cierto, no hay ningún daño en llorar por su marido, y la tumba, aunque simple, era una obra bien hecha, y en los días de verano cuando la viuda llevaba sus hijos, que se quedaban parados allí, uno sentía afecto por ella. Los sombreros se levantaban más alto de lo normal; las mujeres tomaban del brazo a sus maridos. Seabrook yacía seis pies bajo tierra, muerto por tantos años; encerrado en un triple casco; las fisuras cubiertas de plomo, de tal manera que, si la tierra y la madera hubieran sido cristal, sin duda su rostro descansaría debajo, visible, el rostro de un hombre joven, con patillas, bien formado, que fue a la caza de patos y no había aceptado cambiar sus botas.

«Comerciante de la ciudad», decía la tumba; aunque por qué Betty Flanders había elegido llamarlo así cuando, como muchos pueden recordar, él se sentó detrás de una ventanilla solo por tres meses, y antes de eso había domado caballos, cazado con perros, cultivado algunos campos y se había desenfrenado un poco... bueno, de alguna manera ella tenía que llamarlo. Un ejemplo para los muchachos.

¿No había sido, entonces, absolutamente nada? Una pregunta sin respuesta, porque aun si el funebrero no tuviera por costumbre cerrarles los ojos, la luz se iría pronto de ellos. Al principio, parte de sí misma; ahora, uno entre otros, se ha fundido con la hierba, el flanco de la colina, las mil piedras blancas, algunas inclinadas, otras derechas, las coronas gastadas, las cruces de latón verde, los estrechos senderos amarillos y las lilas que pendían en abril, con un aroma de dormitorio de inválido, sobre la pared del cementerio. Seabrook era ahora todo eso; y cuando, con su falda sostenida, dando de comer a los pollos, escuchaba la campana del oficio o del funeral, era la voz de Seabrook... la voz de los muertos.

Ya había sucedido que el gallo había volado sobre su hombro y le había picado el cuello, de modo que ahora llevaba un palo o tomaba con ella a uno de los niños cuando iba a alimentar las aves.

—¿No quisieras mi cuchillo, madre? —dijo Archer.

Sonando al mismo tiempo que la campana, la voz de su hijo mezclaba vida y muerte inextricablemente, era embriagante.

—¡Qué cuchillo tan grande para un muchacho pequeño! —dijo ella. Lo tomó para darle con el gusto. Después el gallo voló fuera del gallinero y, gritando a Archer para que cerrara la puerta que da al jardín de la cocina, Mrs Flanders depositó la comida, cacareó a las gallinas, se apresuró hacia el huerto y fue vista del otro lado del camino por Mrs Cranch que, golpeando su alfombra contra la pared, la mantuvo suspendida por un momento mientras le señalaba a Mrs Page que Mrs Flanders estaba en el huerto con los pollos.

Mrs Page, Mrs Cranch y Mrs Garfit podían ver a Mrs Flanders en el huerto porque el huerto era una parcela cercada de Dods Hill, y Dods Hill dominaba sobre el pueblo. No hay palabras que puedan exagerar la importancia de Dods Hill. Era la tierra, el mundo contra el cielo; el horizonte de tantas miradas que su número puede ser computado mejor por aquellos que han vivido toda su vida en el mismo pueblo, dejándolo solamente una vez para luchar en Crimea, como el viejo George Garfit, apoyado sobre la puerta del jardín fumando su pipa. El progreso del sol era medido por Dods Hill, el tinte del día yacía contra ella para ser juzgado.

—Ahora está subiendo la colina con el pequeño John —decía Mrs Cranch a Mrs Garfit, sacudiendo su alfombra por última vez, y apresurándose hacia el interior. Abriendo la puerta del huerto, Mrs

Flanders caminó hacia la cumbre de Dods Hill, llevando a John de la mano. Archer y Jacob corrían delante o se rezagaban; pero siempre estaban en la fortaleza romana cuando ella llegaba, gritando los nombres de los barcos que podían verse en la bahía. Porque la vista era magnífica... los páramos por detrás, el mar al frente, y todo Scarborough de un lado al otro, extendido, plano como un rompezabezas. Mrs Flanders, que devenía corpulenta, se sentó en la fortaleza y miró a su alrededor.

Ella debía conocer la gama entera de los cambios de la vista; su aspecto en invierno, primavera, verano y otoño; cómo venían las tormentas desde el mar; cómo temblaban los páramos y se iluminaban cuando las nubes los cubrían; ella debía haber notado el punto rojo donde se construían las villas; y el entrecruzamiento de líneas donde se cortaban los terrenos; y el brillo adamantino de los pequeños invernaderos al sol. O, si detalles como estos le escapaban, ella podía dejar jugar su imaginación sobre el tono dorado del mar al atardecer, y pensar en cómo oleaba en monedas de oro sobre los guijarros de la costa. Pequeños barcos de recreo se lanzaban a él, el brazo negro del muelle lo atesoraba. La ciudad entera era rosa y oro; abovedada; coronada de bruma; resonante; estridente. Banjos rasgueados; el paseo olía al alquitrán que se pegaba a los tacones; de pronto, cabras al galope llevaban sus carros entre la muchedumbre. Se hacían observaciones sobre lo bien que la municipalidad había dispuesto los parterres. De vez en cuando un sombrero de paja se volaba. Los tulipanes se quemaban al sol. Numerosos pantalones a cuadros se extendían en hileras. Gorros púrpuras enmarcaban rostros suaves, rosados, petulantes sobre los almohadones en las sillas de ruedas. Paneles triangulares fueron traídos sobre ruedas por hombres en batas blancas. El capitán George Boase había atrapado un tiburón enorme. Así lo decía un lado del panel triangular en letras rojas, azules y amarillas, cada línea terminaba con tres signos de admiración de diferentes colores.

Esa era una razón para bajar y entrar al Aquarium, donde las persianas cetrinas, el olor pútrido de las sales, las sillas de bambú, las mesas con ceniceros, el pez que viraba de golpe, la empleada haciendo punto detrás de seis o siete cajas de chocolate (a menudo ella estaba bastante sola, con el pez allí durante horas) permanecían en la mente como parte del tiburón enorme, él mismo siendo solo un receptáculo amarillo y flácido, como una maleta Gladstone vacía en un acuario. El Aquarium no ha levantado la moral de nadie, pero los rostros de aquellos que ahí se veían perdían pronto su tono sombrío, su fría expresión, cuando percibían que solo por estar parado en la cola podían ser admitidos al muelle. Una vez pasado el torniquete, cada uno caminaba un paso o dos muy rápidamente, algunos deteniéndose en este puesto, otros en aquel.

Pero era la banda la que atraía a todos finalmente; incluso a los pescadores en el muelle inferior cantando a tono.

La banda tocaba en el kiosco morisco. El panel mostró el número nueve. Era una melodía de vals. Las muchachas pálidas, la anciana señora viuda, los tres judíos que se alojaban en la misma pensión, el dandy, el comandante, el vendedor de caballos y el caballero que vivía de sus rentas, todos tenían la misma expresión confusa y narcotizada, y a través de las rendijas en las planchas bajo sus pies podían ver las olas verdes del verano balanceándose pacible y amablemente alrededor de los pilares de hierro del muelle.

Pero hubo un tiempo en el que nada de esto existía (pensó el joven apoyado contra la barandilla). Detenga usted sus ojos en la falda de la dama, con la gris basta... cubriendo las medias de seda rosa. Esta cambia, cubre sus tobillos... los noventa, después se abre... los setenta, ahora es de rojo lustroso y se estira sobre una crinolina... los sesenta, un pequeño pie negro vistiendo unas medias de algodón blanco se asoma. ¿Aún sentada allí? Sí... ella está aún en el muelle. Ahora la seda está decorada de rosas, pero de alguna manera uno ya no ve claramente. No hay muelle debajo nuestro. La pesada cuadriga puede balancearse a lo largo de la carretera de peaje, pero no hay muelle en el que detenerse, y ¡qué gris y turbulento es el mar en el siglo XVII! Vamos al museo. Balas de cañón; puntas de flechas; vidrios del tiempo de los romanos y un fórceps verde con verdín. El reverendo Jaspar Floyd los excavó a expensas propias al principio de los años cuarenta en el campamento romano sobre Dods Hill... mire la pequeña etiqueta con la inscripción descolorida.

Y ahora, ¿qué más hay para ver en Scarborough?

Mrs Flanders se sentó en el círculo elevado del campamento romano, parchando los pantalones de Jacob; solo miraba hacia arriba cuando chupaba la punta de su hilo de algodón, o cuando algún insecto se acercaba, zumbaba en su oído, y se iba.

John seguía trotando y le aplicaba hierbas u hojas muertas sobre su falda que él llamaba «té», y ella las acomodaba metódicamente pero con la mente ausente, reuniendo en un ramo las floridas cabezas de hierba, pensando en cómo Archer había estado despierto de nuevo anoche; el reloj de la iglesia estaba diez o trece minutos adelantado; le gustaría poder comprar el terreno de Garfit.

—Eso es una hoja de orquídea, Johnny. Mira las pequeñas manchas marrones. Ven, querido. Debemos ir a casa. ¡Ar-cher! ¡Ja-cob!

—¡Ar-cher! ¡Ja-cob! —repitió Johnny con voz aflautada, girando sobre su talón y esparciendo la hierba y las hojas en sus manos como si estuviera sembrando semillas. Archer y Jacob saltaron de detrás de la loma donde se habían acuclillado con la intención de sorprender a su madre brincando sobre ella, y todos comenzaron a caminar lentamente hacia casa.

—¿Quién es ese? —dijo Mrs Flanders, cubriendo los ojos con su mano.

—¿Ese viejo en la carretera? —dijo Archer, mirando abajo.

—No es un viejo —dijo Mrs Flanders—. Él es... no, no es... pensé que era el capitán, pero es Mr Floyd. Vamos, muchachos.

—¡Oh, vaya, Mr Floyd! —dijo Jacob, arrancando una cabeza de cardo, porque él ya sabía que Mr Floyd les iba a enseñar latín, tal como lo hizo durante tres años en su tiempo libre, en un acto de generosidad, porque no había otro caballero en el vecindario a quien Mrs Flanders pudiera haber solicitado algo semejante, y los dos muchachos mayores se le escapaban de las manos, y tenían que prepararse para la escuela, y esto era más que lo que la mayoría de los clérigos habrían hecho, viniendo después de la hora del té, o recibiéndolos en su propio cuarto, según su conveniencia, porque la parroquia era muy grande, y Mr Floyd, tal como su padre antes que él, visitaba cabañas a millas de distancia en los páramos, y, como el viejo Mr Floyd, él era un gran erudito, lo cual lo hacía tan improbable... ella nunca hubiera soñado una cosa así. ¿Debía haber adivinado? Pero, aparte de ser un erudito, él era ocho años más joven que ella. Ella conoció a su madre, la vieja Mrs Floyd. Ella tomaba el té en su casa. Y fue esa misma tarde, volviendo de tomar el té con la vieja Mrs Floyd, que ella encontró la nota en el recibidor y se la llevó a la cocina cuando iba a darle el pescado a Rebecca, pensando que era algo sobre los muchachos.

—Mr Floyd la trajo él mismo, ¿no es así?... Pienso que el queso debe estar en el paquete en el recibidor... bueno... en el recibidor —porque ella estaba leyendo. No, no era sobre los muchachos.

—Sí, suficiente como para hacer croquetas de pescado, mañana sin duda... tal vez el capitán Barfoot... —Ella había llegado a la palabra «amor». Fue al jardín y leyó, recostándose contra un nogal para no perder el equilibrio. Hacia arriba y hacia abajo iba su pecho. Seabrook se le presentó tan vívidamente. Ella agitó la cabeza y miraba entre las lágrimas las hojitas que se movían contra el cielo amarillo cuando tres gansos, medio corriendo, medio volando, atravesaron apresuradamente el césped con Johnny por detrás, blandiendo una rama.

El rostro de Mrs Flanders se enrojeció de cólera.

—¿Cuántas veces te he dicho? —gritó, y lo tomó y arrancó la rama tirándola lejos de él.

—¡Pero se escaparon! —gritó él, luchando para liberarse.

—¡Eres un niño muy malcriado! Te lo he dicho una y mil veces. ¡No *quiero* que caces los gansos! —dijo, y arrugando la carta de Mr Floyd en su mano, sujetó fuertemente a Johnny e hizo entrar los gansos en el huerto.

«¡Cómo puedo pensar en matrimonio!», se dijo, amargamente, mientras aseguraba el pórtico con un trozo de alambre. Siempre le habían disgustado los cabellos rojos en los hombres, pensó ella, a propósito de la apariencia de Mr Floyd, aquella noche, cuando los muchachos se habían ido a la cama. Y haciendo a un lado su neceser de costura acercó hacia ella el papel secante y leyó la carta de Mr Floyd una vez más, y su pecho se agitó hacia arriba y hacia abajo cuando llegó a la palabra «amor», pero no tan rápido esta vez, porque vio a Johnny cazando al ganso y supo que era imposible para ella casarse con alguien... mucho menos con Mr Floyd, que era mucho más joven que ella, pero ¡qué hombre tan gentil!, y un erudito además.

«Estimado Mr Floyd», escribió ella... «¿Acaso he olvidado el queso?», se preguntó, apoyando la pluma. No, ella había dicho a Rebecca que el queso estaba en el salón. «Estoy muy sorprendida...», escribió.

Pero la carta que Mr Floyd encontró sobre la mesa cuando se levantó temprano la mañana siguiente no empezaba diciendo «Estoy muy sorprendida» y era tan maternal, respetuosa, inconsecuente y pesarosa que él la guardó por muchos años; mucho tiempo después de su matrimonio con Miss Wimbush, de Andover; mucho tiempo después de haber dejado el pueblo. Porque él había solicitado una parroquia en Sheffield, la cual le había sido otorgada; y habiendo llamado a Archer, Jacob y John para decir adiós, les dijo que elijan lo que quisieran del estudio para recordarlo. Archer eligió un cortapapeles, porque no quería elegir nada demasiado bueno; Jacob eligió las obras de Byron en un volumen; John, que era aún demasiado pequeño como para hacer una elección adecuada, eligió el minino de Mr Floyd, lo cual a sus hermanos les pareció una elección absurda, pero Mr Floyd la ratificó cuando dijo: «tiene un pelaje como el tuyo». A continuación Mr Floyd habló sobre la Armada del Rey (adonde Archer asistiría); y sobre Rugby (adonde Jacob asistiría); y al día siguiente recibió una bandeja de plata y partió, primero a Sheffield, donde conoció a Miss Wimbush, que estaba visitando a su tío, luego a Hackney y luego a Maresfield House, de la cual se convirtió en director, y, finalmente, se convirtió en editor de una serie de reconocidas biografías eclesiásticas, retirándose en Hampstead con su esposa y su hija; y se lo puede ver a menudo alimentado los patos en Leg of Mutton Pond. En cuanto a la carta de Mrs Flanders, él la buscó el otro día pero no pudo encontrarla, y no quiso preguntar a su mujer si ella la había tirado. Encontrándose con Jacob en Piccadilly más tarde, lo reconoció al cabo de tres segundos. Pero Jacob había crecido para convertirse en un joven tan fino que Mr Floyd no quiso detenerlo en la calle.

—¡Vaya! —dijo Mrs Flanders, cuando leyó en el *Scarborough and Harrogate Courier* que el reverendo Andrew Floyd, etc., etc., había sido nombrado director de Maresfield House—, este debe ser nuestro Mr Floyd.

Una cierta melancolía cayó sobre la mesa. Jacob se estaba sirviendo mermelada; el cartero estaba hablando con Rebecca en la cocina; había una abeja zumbándole a la flor amarilla que cabeceaba hacia la ventana abierta. O sea que estaban todos vivos, mientras el pobre Mr Floyd se había convertido en el director de Maresfield House.

Mrs Flanders se levantó y fue al guardafuego y acarició a Topacio en la nuca, detrás de las orejas.

—Pobre Topacio —dijo (porque el minino de Mr Floyd era ahora un gato muy viejo, un poco sarnoso detrás de las orejas, y uno de estos días habría que sacrificarlo).

—Pobre viejo Topacio —dijo Mrs Flanders, mientras él se desperazaba al sol, y ella sonrió, pensando en cómo lo había hecho castrar, y que no le gustaba el cabello rojo en los hombres. Sonriendo se fue a la cocina.

Jacob pasó a través de su cara un pañuelo más bien sucio. Subió las escaleras y fue a su cuarto.

El ciervo volante muere lentamente (era John el que coleccionaba escarabajos). Incluso al segundo día sus patas eran aún flexibles. Pero las mariposas estaban muertas. Un vahído de huevos podridos había vencido a las pálidas colias amarillas que atravesaron a toda velocidad la huerta y habían montado Dods Hill alejándose del páramo, ora perdidas detrás de un tojo, ora invisibles de nuevo, atolondradas, bajo un sol achicharrante. Una ninfálida se calentaba sobre una piedra blanca en el campo romano. Desde el valle venía el sonido de las campanadas de la iglesia. Todos estaban comiendo rosbif en Scarborough; porque era domingo cuando Jacob cazó las pálidas colias amarillas en el campo de tréboles, a ocho millas de casa.

Rebecca había cazado la esfinge de la calavera en la cocina.

Un viejo olor a alcanfor venía de las cajas de mariposas.

El olor inconfundible a algas marinas se mezclaba con el olor a alcanfor. Cintas leonadas colgaban de la puerta. El sol daba directamente sobre ellas.

Las alas superiores de la mariposa nocturna que Jacob sostenía estaban indudablemente marcadas con manchas reniformes de una tonalidad amarillenta. Pero no había un cuarto creciente en el ala cubierta. El árbol había caído en la misma noche en que él la había atrapado. Había habido repentinamente una volea de disparos de pistola en las profundidades del bosque. Y su madre lo había tomado por un ladrón cuando llegó tarde a casa. El único de sus hijos que no le obedecía nunca, dijo ella.

Morris lo llamaba «un insecto extremadamente local que se encuentra en lugares húmedos o pantanosos». Pero Morris a veces se equivoca. A veces Jacob, eligiendo una pluma muy fina, hacía una corrección al margen.

El árbol había caído, aun si era una noche sin viento, y la linterna, parada sobre el suelo, había iluminado las hojas aún verdes y las viejas hojas de haya. Era un lugar seco. Un sapo estaba allí. Y la acronicta roja trazó un círculo alrededor de la luz, destelló y se fue. La acronicta roja no volvió más, aun cuando Jacob había esperado. Eran pasadas las doce cuando él cruzó el césped y vio a su madre en el cuarto iluminado, jugando un solitario, velando.

—¡Qué susto me has dado! —gritó ella. Ella pensó que algo horrible había ocurrido. Y despertó a Rebecca, que tenía que levantarse tan temprano.

Allí estaba él, parado, pálido, viniendo desde las profundidades de la oscuridad, en el cuarto caliente, parpadeando a la luz.

No, no podía ser una acronicta de borde amarillo pálido.

La segadora siempre necesitaba aceite. Barnet la dirigió hacia la ventana de Jacob, y rechinaba... rechinaba, y reptaba a través del césped y rechinaba de nuevo.

Ahora se estaba cubriendo el cielo.

El sol retornó, deslumbrante.

Cayó como un ojo sobre los estribos, y entonces, repentina y sin embargo muy gentilmente, descansó sobre la cama, sobre el reloj despertador, y sobre la caja de mariposas abierta. Las pálidas colias amarillas se habían fugado hacia el páramo; habían zigzagueado a través del trébol púrpura. Las ninfálidas presumían a lo largo de los setos. Las azules se asentaron sobre pequeños huesos descansando sobre el césped con el sol golpeándolos, y las vanesas de los cardos y las pavo real festejaban con las entrañas sangrientas que un halcón había dejado caer. A millas de distancia de la casa, en una hondonada entre cardos detrás de una ruina, había encontrado las poligonias. Había visto una linfálida blanca circulando cada vez más alto alrededor de un roble, pero nunca la había atrapado. Una anciana campesina que vivía sola, allí arriba, le había contado de una mariposa púrpura que venía cada verano a su jardín. Los cachorros de zorro jugaban en el tojo por la mañana temprano, así le había contado. Y si mira abajo, a lo lejos, puede ver siempre dos tejones. A veces se tiran al suelo uno al otro, como dos niños peleando, dijo ella.

—No irás lejos esta tarde, Jacob —le dijo su madre, asomando la cabeza por la puerta—, porque el capitán vendrá a despedirse. —Era el último día de las vacaciones de Pascua.

El miércoles era el día del capitán Barfoot. Él se vestía con esmero en sarga azul, tomaba su bastón con virola de caucho —porque era un poco cojo y había perdido dos dedos de la mano izquierda sirviendo a su país— y salía de su casa, que tenía el mástil para la bandera, precisamente a las cuatro en punto de la tarde.

A las tres, Mr Dickens, el hombre que ayudaba con la silla de ruedas, había venido a buscar a Mrs Barfoot.

—Muévame —diría ella a Mr Dickens, después de haberse sentado en el paseo marítimo durante quince minutos. Y, de nuevo—: Va a estar bien así, gracias, Mr Dickens. —A la primera orden él buscaría el sol, a la segunda él dejaría la silla allí, en la banda iluminada.

Él mismo un viejo habitante, tenía mucho en común con Mrs Barfoot... la hija de James Coppard. La fuente de agua potable, donde se juntan West Street y Broad Street, es el regalo de James Coppard, que fue el alcalde al momento del jubileo de la reina Victoria, y el nombre de Coppard está pintado en los carros de riego municipales y en las vitrinas de los negocios y en las persianas de zinc de las ventanas de los estudios de notarios. Pero Ellen Barfoot nunca visitó el Aquarium (aunque ella había conocido bastante bien al capitán Boase, quien había cazado el tiburón), y cuando los hombres vinieron con los afiches ella los observó con desdén, porque ella sabía que nunca iba a ver los pierrots, o los hermanos Zeno, o Daisy Budd y su grupo de focas amaestradas. Porque Ellen Barfoot en su silla de ruedas en el paseo marítimo era una prisionera —una prisionera de la civilización—, todos los barrotes de su celda proyectándose sobre el paseo marítimo en días soleados cuando la alcaldía, los negocios de telas, los trajes de baño, y el Memorial Hall hacían bandas en el suelo con su sombra.

Él mismo un viejo habitante, Mr Dickens se pararía un poco detrás de ella, fumando su pipa. Ella le haría preguntas... quién era quién, quién llevaba ahora el negocio de Mr Jones... después sobre la temporada... si Mrs Dickens había probado, lo que sea... las palabras saliendo de sus labios como migajas de bizcocho seco.

Ella cerró sus ojos. Mr Dickens dio un giro. Los sentimientos propios a un hombre aún no le habían abandonado totalmente, aunque, al verlo aproximarse, usted nota cómo una bota negra abultada pendía trémula frente a la otra; cómo había una sombra entre su chaleco y sus pantalones; cómo se encorvaba hacia delante en un equilibrio incierto, como un caballo viejo que se da cuenta que se halla fuera de las guías, sin seguir llevando el carro. Pero mientras Mr Dickens aspiraba el humo y lo expiraba nuevamente, los sentimientos propios a un hombre eran perceptibles en sus ojos. Pensaba en cómo el capitán Barfoot se encontraba ahora de camino a Mount Pleasant; el capitán Barfoot, su amo. Porque en casa, en la pequeña sala de estar sobre las viejas caballerizas, con el canario en la ventana y las hijas en la máquina de coser, y Mrs Dickens acurrucada por el reuma, en casa, donde él no contaba para gran cosa, el pensamiento de ser empleado del capitán Barfoot lo sostenía. Le gustaba pensar que mientras él hablaba con Mrs Barfoot frente al mar, ayudaba al capitán en su camino hacia Mrs Flanders. Él, un hombre, estaba a cargo de Mrs Barfoot, una mujer.

Dándose la vuelta, vio que ella estaba hablando con Mrs Rogers. Volviéndose nuevamente, vio que Mrs Rogers había continuado su camino. Volvió así a la silla de ruedas y Mrs Barfoot le preguntó por la hora, él sacó su gran reloj de plata y le dijo la hora muy servicialmente, como si él supiera mucho más que ella sobre la hora y sobre todo en general. Pero Mrs Barfoot sabía que el capitán Barfoot estaba de camino hacia Mrs Flanders.

De hecho, él ya había hecho buena parte de la ruta, habiendo dejado el tranvía, y viendo Dods Hill hacia el sureste, verde contra el cielo azul bañado con un color polvo en el horizonte. Estaba subiendo la colina. A pesar de su cojera había algo militar en su manera de aproximarse. Mrs Jarvis, mientras salía de la puerta del presbiterio, lo vio venir, y su perro terranova, Nerón, movió suavemente su rabo de un lado al otro.

—¡Oh, capitán Barfoot! —exclamó Mrs Jarvis.

—Buen día, Mrs Jarvis —dijo el capitán.

Caminaron juntos, y cuando llegaron a la puerta de Mrs Flanders el capitán Barfoot se quitó su gorra de tweed, y dijo, inclinándose muy cortésmente:

—Un buen día para usted, Mrs Jarvis.

Y Mrs Jarvis continuó sola.

Ella iba a caminar por el páramo. ¿Había estado de nuevo caminando de un lado al otro en su césped, tarde por la noche? ¿Había nuevamente golpeado en la ventana del estudio y gritado: «mira la luna, mira la luna, Herbert»?

Y Herbert miraba la luna.

Mrs Jarvis caminaba por el páramo cuando se sentía infeliz, yendo tan lejos como una cierta hondonada con forma de platillo, aunque siempre tenía la intención de ir hasta una cresta más distante; y allí se sentaba, y tomaba su pequeño libro escondido en su capa y leía algunas líneas de poesía, y miraba alrededor de ella. No era muy infeliz, y, considerando que ya tenía cuarenta y cinco años, tal vez nunca sería muy infeliz, es decir, desesperadamente infeliz, y dejar a su esposo, y arruinar la carrera de un buen hombre, como a veces amenazaba.

Aunque no hay necesidad de decir qué clase de riesgos corre la mujer de un clérigo cuando camina por el páramo. Pequeña, morena, los ojos ardientes, una pluma de faisán en su sombrero, Mrs Jarvis pertenecía a la clase de mujeres que pierden su fe sobre los páramos, es decir, confundiendo su Dios con lo universal, pero ella no perdió su fe, no dejó a su marido, nunca terminó el poema, y continuó caminando por los páramos, mirando la luna detrás de los olmos, y sintiendo mientras se sentaba en la hierba sobre Scarborough... Sí, sí, cuando la golondrina toma vuelo; cuando las ovejas, avanzando uno o dos pasos, pacen el césped y al mismo tiempo hacen tintinear sus campanas; cuando la brisa sopla, y luego se calma, dejando la mejilla besada; cuando los barcos en el mar, allá abajo, parecen cruzarse uno al otro y pasan como tirados por una mano invisible; cuando hay distantes golpetazos en el aire y caballeros fantasmas galopando y deteniéndose; cuando el horizonte está bañado de azul, verde, emocional, entonces, Mrs Jarvis, arrojando un suspiro, piensa para sí misma: «si solo alguien pudiera darme... y si yo pudiera dar a alguien...». Pero ella no sabe lo que desea dar, ni quién podría dárselo a ella.

—Mrs Flanders salió hace solo cinco minutos, capitán —dijo Rebecca. El capitán Barfoot se sentó en el sillón a esperar. Descansando sus codos en los brazos del sillón, poniendo una mano sobre la otra, su pierna coja completamente estirada y, colocando detrás el bastón con su virola con caucho, se sentó perfectamente quieto. Había algo rígido en él. ¿Estaba pensando? Probablemente los mismos pensamientos una y otra vez. ¿Pero eran estos «agradables» e interesantes pensamientos? Era un hombre con temperamento; tenaz, fiel. Las mujeres se habrían dicho: «Aquí está la ley. Aquí está el orden. Por lo tanto tenemos que estimar este hombre. Es él el que se tiene en el puente de mando durante la noche», y, tendiéndole su taza, o lo que sea en ese momento, habrían continuado con visiones de naufragios y desastres, en las cuales todos los pasajeros caen desde sus cabinas, y allí está el capitán, abotonado en su chaquetón de marinero, a la altura misma de la tormenta, vencido por ella pero por nadie más. «Y sin embargo, tengo un alma», habría ponderado Mrs Jarvis mientras el capitán Barfoot sonaba su nariz repentinamente con un gran pañuelo rojo, «y es la estupidez del hombre la que causa esto, y la tormenta es mi tormenta al mismo tiempo que la de él...», así habría ponderado Mrs Jarvis cuando el capitán pasó a verlos y se encontró con que Herbert había salido, y se quedó dos o tres horas, casi en silencio, sentado en el sofá. Pero Betty Flanders no pensaba nada de eso.

—¡Oh, capitán! —dijo Mrs Flanders, irrumpiendo en el salón— tuve que correr detrás del empleado de la casa Barker... espero que Rebecca... espero que Jacob...

Estaba totalmente sofocada, pero para nada concernida, y, mientras dejaba el cepillo para chimeneas que había comprado al vendedor de aceite, ella dijo que hacía calor, tiró de la ventana para abrirla aún más, arregló una funda, tomó un libro, como si estuviera muy segura, le tuviera mucho apego al capitán, y fuera mucho más joven que él. Ciertamente, en su delantal azul no aparentaba más de treinta y cinco años. Él ya tenía bastante más de cincuenta.

Ella movía sus manos sobre la mesa; el capitán movía su cabeza de lado a lado, y emitía pequeños sonidos, mientras que Betty continuaba parloteando, completamente cómodo... después de veinte años.

—Bueno —dijo él al final—, he recibido noticias de Mr Polegate.

Había recibido noticias de Mr Polegate diciendo que no podía aconsejar nada mejor que enviar un joven a una de las universidades.

—Mr Floyd fue a Cambridge... no, a Oxford... bueno, a una o a otra —dijo Mrs Flanders.

Ella miró por la ventana. Pequeñas ventanas, y la lila y el verde del jardín se reflejaron en sus ojos.

—Archer está teniendo éxito —dijo ella—. He recibido un muy buen informe del capitán Maxwell.

—Voy a dejarle la carta para mostrársela a Jacob —dijo el capitán, poniéndola torpemente de nuevo en su sobre.

—Jacob está detrás de sus mariposas, como siempre... —dijo Mrs Flanders irritada, pero fue sorprendida por una súbita ocurrencia—: El cricket empieza esta semana, por supuesto.

—Edward Jenkinson ha presentado su renuncia —dijo el capitán Barfoot.

—¿Entonces usted se presentará como candidato para el Consejo? —exclamó Mrs Flanders, mirando al capitán directamente a los ojos.

—Bueno, en cuanto a eso... —empezó a decir el capitán Barfoot, instalándose un poco más profundamente en su silla.

Jacob Flanders, por lo tanto, entró a Cambridge en octubre de 1906.

Capítulo tres

—Este no es un vagón para fumadores —protestó Mrs Norman, nerviosa pero débilmente, cuando la puerta se abrió y un joven robusto entró de un salto. Él pareció no oírla. El tren no se detenía hasta haber llegado a Cambridge, y allí se encontraba ella, sola, encerrada en un vagón, con un hombre joven.

Ella tocó la cerradura de su maleta de viaje y verificó que la botella de perfume y la novela de la biblioteca de préstamo Mudie's estaban a mano (el joven se estaba incorporando con su espalda hacia ella, colocando su maleta en el estante). Ella le arrojaría la botella de perfume con su mano derecha, decidió, y tiraría del cable de emergencia con la izquierda. Ella tenía cincuenta años y un hijo en la universidad. Sin embargo, es un hecho que los hombres son peligrosos. Ella leyó la mitad de una columna del periódico; mirando furtivamente sobre el borde para decidir sobre la cuestión de la seguridad con el test infalible de las apariencias... Ella quisiera ofrecerle su periódico. Pero, ¿leen los jóvenes el *Morning Post*? Ella se fijó en lo que él estaba leyendo... el *Daily Telegraph*.

Remarcando las medias (flojas), la corbata (desgastada), ella se encontró de nuevo con su rostro. Se detuvo en la boca. Los labios estaban cerrados. Los ojos mirando hacia abajo, dado que leía. Todo era firme, aunque jovial, indiferente, inconsciente... ¡como para bajarla de un golpe! ¡No, no, no! Ella miraba por la ventana, sonriendo ligeramente ahora, y luego volviéndose hacia él, porque él no la había remarcado. Grave, inconsciente... ahora él levantaba la mirada, pasando sobre ella... él parecía tan fuera de lugar, de alguna manera, solo, con una mujer entrada en años... luego él fijó sus ojos, que eran azules, en el paisaje. Él no se había dado cuenta de su presencia, pensó ella. Sin embargo no era *su* culpa si este no era un vagón para fumadores... si eso es lo que él quería decir.

Nadie ve al otro como es, mucho menos una señora entrada en años sentada frente a un joven en un vagón. Uno ve una totalidad, ve toda clase de cosas, uno se ve a sí mismo... Mrs Norman leyó a continuación tres páginas de una novela de Mr Norris. ¿Debería decirle al joven (y después de todo él tenía la misma edad que su hijo): «Si desea fumar, no se moleste por mí»? No: él parecía absolutamente indiferente a su presencia... ella no quería interrumpirlo.

Pero, dado que, incluso a su edad, ella notó su indiferencia, ¿era él presumiblemente, de una manera u otra, al menos para ella, agradable, buen mozo, interesante, distinguido, de buena contextura, como su hijo? Uno tiene que sacar el mejor partido posible de su informe. De todos modos, este era Jacob Flanders a los diecinueve años. No sirve de nada tratar de resumir a la gente. Uno debe seguir las pistas, no exactamente lo que ha sido dicho, no enteramente lo que ha sido hecho; por ejemplo, cuando el tren entró en la estación, Mr Flanders abrió la puerta de un golpe, y descendió la maleta en lugar de dejar que ella lo haga, diciendo, o más bien murmurando: «permítame...», muy tímidamente; de hecho fue más bien torpe al hacerlo.

—¿Quién...? —dijo la dama, encontrándose con su hijo; pero como había una gran multitud en la plataforma y Jacob se había ido ya, ella no terminó su frase. Como esto era Cambridge, como ella estaba alojándose allí por el fin de semana, como ella no vio otra cosa que jóvenes todo el día, en calles y alrededor de las mesas, la imagen de su compañero de viaje se perdió completamente en su mente, de la misma manera en que el alfiler doblado tirado por un niño en la fuente de los deseos gira en el agua y desaparece para siempre.

Dicen que el cielo es en todas partes el mismo. Viajeros, náufragos, exiliados y moribundos se confortan gracias a este pensamiento, y esto es indudable si se tiene una tendencia mística; consolación y hasta una explicación llueven desde la bóveda intacta. Pero sobre Cambridge, o en todo caso sobre el tejado de la capilla de King's College, hay una diferencia. Vista desde alta mar una gran ciudad proyecta su brillo en la noche. ¿Es acaso extravagante suponer que el cielo que penetra y baña los intersticios de la capilla de King's College, es más ligero, más sutil, más centelleante que el cielo en cualquier otra parte? ¿Arde Cambridge no solo en la noche pero también en el día?

Mire, ahora que pasan para el oficio, con qué ligereza las togas se inflan en el aire, como si no hubiera nada denso y corporal en ellos. Qué rostros esculpidos, qué certeza, autoridad, controlados por la piedad, aun cuando grandes botas marchan bajo las togas. En qué ordenada procesión avanzan. Espesas velas de cera se mantienen rígidas; jóvenes en togas blancas se levantan; mientras el águila sostiene dócilmente el gran libro blanco para su examen.

Un plano de luz inclinado atraviesa con precisión cada ventana, púrpura y amarillo incluso hasta en su polvo más difuso, mientras que, en el lugar donde viene a quebrarse sobre la piedra, esta piedra se entiza de rojo, amarillo y púrpura. Ni la nieve ni el verdor, invierno ni verano, tienen poder sobre el viejo vitral. Así como los costados de una linterna protegen la flama para que arda constantemente incluso en la noche más salvaje —arda constante y gravemente, ilumine los troncos de los árboles—, así estaba todo ordenado dentro de la capilla. Las voces sonaban gravemente; sabiamente respondía el órgano, como si estuviera protegiendo la fe humana con el consentimiento de los elementos. Las figuras vestidas de blanco cruzaban de lado a lado; ora subían escaleras, ora las descendían, todo muy ordenadamente.

... Si se posa una linterna bajo un árbol cada insecto en el bosque repta sobre ella, una curiosa asamblea, dado que aunque se aplasten y se tuerzan y se golpeen contra el vidrio, no parecen tener ningún designio, algo insensato los inspira. Uno se cansa de mirarlos deambulando alrededor de la linterna y golpeando como pidiendo admisión, mientras un gran sapo, siendo este el más frenético de todos, se abre camino a través del resto. ¡Ah! ¿Pero qué es esto? Se oye una espantosa descarga de disparos de pistola, un fuerte estampido, las ondas se propagan, el silencio recubre suavemente al ruido. Un árbol... un árbol ha caído, una suerte de muerte en el bosque. Después de esto, el viento en los árboles suena melancólico.

Pero, este oficio en la capilla de King's College, ¿por qué permiten participar a las mujeres? Seguramente, si se deja vagar la mente (y Jacob tiene un aire extraordinariamente ausente, su cabeza tirada hacia atrás, su himnario abierto en el lugar equivocado), si se deja vagar la mente es porque muchos negocios de sombreros y armarios tras armarios de vestidos de colores son expuestos sobre sillas de mimbre. Aunque las cabezas y los cuerpos son lo suficientemente devotos, uno tiene el sentimiento de presencias individuales: algunas aman el azul, otras el marrón; algunas las plumas, otras los pensamientos y los nomeolvides. Nadie pensaría en traer un perro a la iglesia. Porque aun si un perro está muy bien en el camino de gravilla y no muestra falta de respeto por las flores, la manera en la que se pasea por el pasillo, mirando, levantando una pata, aproximando un pilar con un propósito que enfría la sangre de terror (si uno fuera parte de la congregación... pero estando solo, la timidez no ha lugar), un perro destruye el oficio completamente. Lo mismo va para estas mujeres, aun si son devotas por separado, son distinguidas y tienen como garantes la teología, la matemática, el latín y el griego de sus maridos. Dios sabe por qué es así. En todo caso, pensó Jacob, son feas como el pecado.

Entonces se escucharon un chirrido y murmullos. Sus ojos se encontraron con los de Timmy Durrant; lo miró con dureza; y entonces, muy solemnemente, le guiñó el ojo.

«Waverley», es como se llamaba la villa en la ruta hacia Girton. No es que Mr Plumer admirara a Scott o que tuviera una preferencia por algún nombre en particular, pero los nombres son útiles cuando hay que entretener a los estudiantes universitarios, y mientras se sentaban esperando por un cuarto estudiante, en el almuerzo del domingo, se hablaba de los nombres sobre las puertas.

—¡Qué fastidio! —interrumpió Mrs Plumer impulsivamente—. ¿Alguien conoce a Mr Flanders?

Mr Durrant lo conocía y en consecuencia se sonrojó levemente, y dijo, extrañamente, algo como que estaba seguro... mirando a Mr Plumer y tirando sus pantalones de la pierna izquierda mientras hablaba. Mr Plumer se levantó y se quedó parado frente al hogar. Mrs Plumer rio como si fuera un camarada; amistosa y directamente. En resumen, nada más horrible que la escena, el escenario, la perspectiva, incluso el jardín en mayo afligido por la fría esterilidad y una nube eligiendo ese momento para cruzar el sol, pueden ser imaginados. Allí estaba el jardín, por supuesto. Cada uno miró hacia él en el mismo momento. Debido a la nube las hojas se agitaban grises y los gorriones... había dos gorriones.

—Yo pienso —dijo Mrs Plumer, tomando ventaja del respiro momentáneo, mientras los jóvenes miraban fijamente hacia el jardín, para echar un vistazo a su marido, y entonces él, sin aceptar la responsabilidad completa por el acto, tocó sin embargo la campana.

No puede haber excusa para esta atrocidad cometida sobre una hora de vida humana salvo la reflexión que se le ocurrió a Mr Plumer mientras trinchaba el cordero, que si ningún *don* ofrecía jamás una comida, si domingo tras domingo pasaban, si los estudiantes salían de la universidad, llegaban a ser abogados, doctores, miembros del parlamento, hombres de negocios... si ningún don ofrecía jamás una comida...

—Ahora bien, ¿es el cordero el que hace la salsa a la menta o la salsa a la menta la que hace el cordero? —preguntó al joven a su lado, para romper un silencio que ya había durado cinco minutos y medio.

—No lo sé, señor —dijo el joven, sonrojándose intensamente.

En ese momento llegó Mr Flanders. Se había equivocado de hora.

Ahora bien, aun cuando ya habían terminado su carne, Mrs Plumer se sirvió otra porción de coles. Jacob tomó la determinación, por supuesto, de comer su carne en el tiempo que le tomaba a ella terminar sus coles, mirando una o dos veces para medir su velocidad...

solo que él tenía un hambre atroz. Viendo esto, Mrs Plumer dijo que estaba segura que Mr Flanders no tendría ningún inconveniente... y trajeron la tarta. Asentando de manera peculiar, ella guió a la criada para que dé a Mr Flanders una segunda porción de cordero. Ella echó un vistazo al cordero. No quedaría mucho de la pierna para el almuerzo de mañana.

No era culpa de ella... porque ¿cómo podría impedir a su padre el haberla engendrado hace cuarenta años en los suburbios de Manchester?, y una vez engendrada, ¿qué otra cosa podía hacer sino convertirse en una persona tacaña, ambiciosa, con una noción instintiva y precisa de los peldaños por subir y una asiduidad de hormiga empujando a George Plumer delante de ella hacia la cumbre de la escalera? ¿Qué había en la cumbre de la escalera? Un sentimiento que todos los peldaños estaban por debajo de uno, aparentemente; dado que cuando George Plumer se convirtió en profesor de física, o algo parecido, Mrs Plumer no podía sino acomodarse a la situación y aferrarse fuertemente a su eminencia, escrutando el suelo, e incitar a sus dos simples hijas a ascender los peldaños de la escalera.

—Estuve en la carrera de caballos ayer —dijo—, con mis dos hijitas.

No era la culpa de *ellas* tampoco. Entraron al salón, con vestidos blancos y cintos azules. Ofrecieron cigarrillos. Rhoda heredó los fríos ojos grises de su padre. George Plumer tenía fríos ojos grises, pero en ellos había una luz abstracta. Él podía hablar sobre Persia y los vientos alisios, la reforma electoral y el ciclo de las cosechas. En sus estantes había libros de Wells y de Shaw; sobre la mesa serios hebdomadarios de seis peniques escritos por hombres pálidos con botas embarradas... el crujido y el chirrido semanales de los cerebros enjuagados en agua fría y escurridos a seco... periódicos melancólicos.

—¡No tengo la sensación de haber llegado a la verdad sobre lo que sea hasta que he leído ambos! —dijo Mrs Plumer alegremente, dando golpecitos en el índice con su mano desnuda y rojiza, en la cual el anillo lucía tan incongruente.

—¡Oh Dios, oh Dios, oh Dios! —exclamó Jacob, mientras los cuatro estudiantes dejaban la casa—. ¡Oh Dios mío!

—¡Maldita sea! —dijo, buscando en la calle una lila o una bicicleta, lo que sea para recuperar su sentimiento de libertad.

—¡Maldita sea! —dijo a Timmy Durrant— resumiendo su malestar frente al mundo que le habían mostrado durante la comida, un mundo capaz de existir, no había dudas de ello, pero tan innecesario, ¡cómo creer en una cosa así! ¡Show y Wells y los serios hebdomadarios de seis peniques! ¿Qué buscan estos viejos, socavando y demoliendo? ¿No han leído nunca Homero, Shakespeare, los isabelinos? Él vio claramente este mundo delineado sobre el fondo de los sentimientos tomados de su inclinación juvenil y natural. Estos pobres diablos habían improvisado este triste objeto. Sin embargo algo de piedad había en él. Estas desdichadas hijitas...

La medida de su malestar prueba que él ya estaba lleno de impaciencia. Era insolente y falto de experiencia pero tenía suficiente seguridad que las ciudades que habían construido los ancianos de nuestra raza se mostraban contra el horizonte como suburbios de ladrillo, cuarteles y lugares de disciplina contra una llama roja y amarilla. Él era impresionable; pero el adjetivo queda contradicho por la calma con la cual ahuecó su mano para proteger la llama de un fósforo. Era un hombre joven lleno de riqueza.

De todas maneras, que uno sea un estudiante o un ayudante en un negocio, un hombre o una mujer, hacia los veinte años de edad debe sentirse como una conmoción... el mundo de los ancianos definido con negros contornos sobre lo que somos; sobre la realidad; los páramos y Byron; el mar y el faro; la quijada de oveja con sus dientes amarillos; sobre esta obstinada, irrefrenable convicción que hace tan intolerablemente desagradable la juventud... «Yo soy lo que soy, y eso es lo que tengo intención de ser», y para ello no hay un molde en el mundo a menos que Jacob se haga uno para sí mismo. Los Plumer van a tratar de impedir que él lo haga. Wells y Shaw y los serios hebdomadarios de seis peniques se sentarán encima suyo para aplastarlo. Cada vez que él coma fuera un domingo, en cenas o tés con invitados, allí estará este mismo impresión-horror-malestar-después-placer, porque él incorpora a cada paso, al caminar por la ribera, una constante certeza, una tal confianza de todas partes, los árboles inclinándose, las agujas de las iglesias grises en el azul, las voces llevadas por el viento y que parecen suspendidas en el aire, el aire primaveral de mayo, el aire elástico con sus partículas... flores de castaño, polen, lo que sea que da al aire de mayo su pujanza, desdibujando los árboles, tornando gomosos los capullos, embadurnando de verde. Y también el río corre, ni inundando, ni rápidamente, sino empalagando el remo que se baña en él y gotea blancas gotas de la hoja, nadando verde y profundo sobre los juncos combados, como si los acariciara suntuosamente.

En el lugar donde amarraron el barco los árboles caían como lluvia, de tal manera que sus hojas más altas se arrastraban en las olas y la porción verde que descansaba sobre el agua, estando hecha de hojas, se movía en anchos de hoja al mismo tiempo que las verdaderas hojas se movían. Ahora tiritaba el viento... instantáneamente un costado del cielo abierto; y mientras Durrant comía cerezas echaba las cerezas amarillas y atrofiadas en la porción verde hecha de hojas, sus tallos centelleando mientras serpenteaban de un lado al otro y de tanto en tanto una cereza a medio comer caía, roja en el verde. El prado estaba al nivel de la vista de Jacob cuando se recostaba, dorado de ranúnculos, pero la hierba no se extendía como la delgada capa de agua verde que es la hierba del cementerio, a punto de inundar las lápidas, sino que se mantenía jugosa y espesa. Mirando hacia arriba, hacia atrás, vio las piernas de los niños hundidas en la hierba y las patas de las vacas. Masca, masca, escuchó; luego un corto paso en la hierba, y entonces de nuevo, masca, masca, masca mientras arrancaban la hierba casi de las raíces. Frente a él dos mariposas blancas daban círculos cada vez más y más a lo alto alrededor del olmo.

«Jacob se ha ido», pensó Durrant, mirando por encima de su novela. Siguió leyendo unas pocas páginas y mirando por encima con una manera curiosamente metódica, y cada vez que levantaba la vista tomaba una pocas cerezas fuera de un saco y las comía abstraído. Otros botes les tomaron ventaja, cruzando el remanso de lado a lado para evitarse unos a otros, porque ahora había muchos amarrados, y había vestidos blancos y un vacío en la columna de aire entre los árboles, alrededor de la cual montaba en espiral un hilo de azul: el picnic de Lady Miller. Aún más botes seguían llegando y Durrant, sin levantarse, empujó su barco para acercarse a la ribera.

—Oh-h-h-h —gimió Jacob, cuando el barco encalló en las rocas, y los árboles encallaron, y los vestidos blancos y los pantalones blancos de franela se extendieron y vacilaron sobre la ribera.

—Oh-h-h-h —se sentó, y tuvo la impresión que un pedazo de elástico le había golpeado en su rostro.

—Son amigos de mi madre —dijo Durrant—. Además el viejo Bow no ha puesto fin a las molestias con el bote.

Y este bote ha ido desde Falmouth hasta la bahía de St Ives, rodeando toda la costa. Un gran barco, un yate de diez toneladas, allí por el veinte de junio, bien equipado, dijo Durrant...

—Todavía está el problema con el efectivo —dijo Jacob.

—Mi gente se ocupará de eso —dijo Durrant (el hijo de un banquero, fallecido).

—Tengo la intención de preservar mi independencia económica —

dijo Jacob secamente. (Comenzaba a agitarse).

—Mi madre dijo algo acerca de ir a Harrogate —dijo Jacob, con un poco de molestia, tocando el bolsillo donde guardaba sus cartas.

—¿Era verdad eso de tu tío haciéndose mahometano? —preguntó Timmy Durrant.

Jacob había contado la historia de su tío Morty en el cuarto de Durrant la noche anterior.

—Es posible que lo estén comiendo los tiburones, si la verdad se supiera —dijo Jacob—. ¡Pero digo, Durrant, ya no queda nada! —exclamó, estrujando la bolsa donde estaban las cerezas, y tirándola al río. Vio el picnic de Lady Miller en la isla mientras arrojaba la bolsa al río.

Un cierto embarazo, malhumor, pesimismo vino a sus ojos.

—¿Podríamos irnos? Esta multitud abominable... —dijo.

Así se fueron río arriba, pasando la isla.

La blanca luna emplumada nunca dejó oscurecerse al cielo; toda la noche las flores de los nogales permanecieron blancas sobre el verde; el parifollo verde se veía tenue en los prados.

Los camareros en Trinity deben haber barajado los platos de porcelana como si fueran naipes a juzgar por el estruendo que podía ser oído en Great Court. El cuarto de Jacob, sin embargo, estaba en Neville's Court; a lo alto; así que al llegar a la puerta a uno le faltaba un poco el aire; pero él no estaba allí. Comiendo en el hall, es de suponer. Estará bastante oscuro en Neville's Court mucho antes de la medianoche, solamente los pilares al frente estarán siempre blancos, y las fuentes. Curioso este efecto del portal, como un lazo sobre el pálido verde. Incluso desde la ventana se escuchan los platos; un murmullo de conversación también, desde los comedores; la luz del hall se encendió, y las puertas batientes se abrieron y se cerraron con un ruido sordo. Algunos estaban llegando con retraso.

El cuarto de Jacob tenía una mesa redonda y dos sillas bajas. Había unos iris amarillos en un florero sobre el mantel; una fotografía de su madre; tarjetas de asociaciones con pequeñas medialunas en relieve, escudos de armas e iniciales; notas y pipas; sobre la mesa un papel con renglones con un margen rojo, un ensayo, sin duda: «¿Consiste la historia en las biografías de los grandes hombres?». Había suficientes libros; muy pocos libros en francés; pero alguien que vale algo solo lee lo que le place, según su humor, con entusiasmo extravagante. Vidas del duque de Wellington, por ejemplo; Spinoza; las obras de Dickens; *La Reina Hada*; un diccionario griego con pétalos de amapolas secadas como seda entre las páginas; todos los isabelinos.

Sus pantuflas estaban increíblemente andrajosas, como botes quemados hasta la línea de flotación. Además había fotografías de los griegos, y un grabado a media tinta de Sir Joshua... todo muy inglés. Las obras de Jane Austen, también, por deferencia, tal vez, al estándar de algún otro. El Carlyle era un premio. Había libros sobre los pintores italianos renacentistas, un *Tratado de Enfermedades del Caballo*, y todos los manuales habituales. Lánguido es el aire en un cuarto vacío, apenas infla la cortina; las flores en el jarrón se mueven. Una fibra del sillón de mimbre cruje, aunque nadie se sienta allí.

Bajando la escalera un poco de costado —Jacob, sentado en la banqueta de la ventana hablaba a Durrant; él fumaba y Durrant miraba el mapa—, el viejo, con sus manos anudadas detrás de la espalda, su toga negra flotando, se tambaleó, inestable, cerca del muro; luego se fue montado las escaleras a su cuarto. Luego otro, que levantó su mano y elogió las columnas, el pórtico, el cielo; otro, tropezando, engreído. Cada uno se fue subiendo una escalera; tres luces se encendieron en las ventanas oscuras.

Si hay alguna flama que arde sobre Cambridge, ella debe provenir de esos tres cuartos; los griegos arden aquí; la ciencia allí; la filosofía en la planta baja. El pobre viejo Huxtable no puede caminar derecho; Sopwith, también, ha elogiado el cielo todas las noches estos veinte años; y Cowan aún se ríe entre dientes de las mismas historias. No es simple, o pura, o completamente espléndida la lámpara del aprendizaje, dado que si se los ve bajo su luz (ya sea un Rossetti en el muro, o una reproducción de Van Gogh, ya sea lilas en un tazón o viejas pipas), ¡qué sacerdotales parecen! ¡Cómo se parecen a un suburbio en el cual uno va para ver un paisaje y comer una torta en particular! «Esta torta es nuestra especialidad exclusiva». Uno vuelve a Londres, porque la fiesta ha terminado.

El viejo profesor Huxtable, cambiando sus ropas metódicamente con movimientos de autómata, se dejó caer en su silla; llenó su pipa; eligió su periódico; cruzó las piernas; y extrajo sus lentes. Toda la carne de su cara cayó entonces en pliegues como si se hubieran removido los puntales. Sin embargo, si uno toma una hilera de cabezas en el metro, la cabeza del viejo Huxtable las contendrá a todas. Ahora, mientras sus ojos se inclinan hacia la letra impresa, qué procesión camina en los corredores de su cerebro, en orden, a pasos rápidos, y reforzados, mientras continúa la marcha, por nuevos aflujos, hasta que el salón entero, la cúpula, como quiera que uno lo llame, se puebla de ideas. Una tal asamblea no tiene lugar en ningún otro cerebro. Y sin embargo, a veces, allí se queda sentado, durante horas, aferrado al brazo de su silla, como un hombre ayunando a causa del desamparo, y entonces, solo porque el callo le duele, o puede ser la gota, cómo maldice, y, ¡madre mía!, escucharlo hablar de dinero, sacando su cartera de cuero y regañando aun por la moneda de plata más pequeña, solapado y desconfiado como una vieja mujer paisana con todas sus mentiras. Extraña parálisis y constricción; maravillosa iluminación. Serena sobre todo esto rige la gran frente abombada, y algunas veces, dormido o en los espacios silenciosos de la noche, uno puede imaginárselo yaciendo triunfante sobre un almohadón de piedra.

Sopwith, mientras tanto, avanzando con un paso peculiar desde el hogar, corta la torta de chocolate en porciones. Hasta la medianoche o aún más tarde habrá estudiantes en su cuarto, a veces unos doce, a veces tres o cuatro; pero nadie se levanta de su silla cuando se van o cuando vienen; Sopwith sigue hablando. Hablando, hablando, hablando, como si todo pudiera ser hablado, el alma misma escapándose de los labios en finos discos de plata que se disuelven en las mentes de los jóvenes, como si fueran de plata, como el claro de luna. Oh, desde la distancia lo recordarán, y en la profundidad del tedio se volverán hacia él, y se llegarán a tomar fuerzas nuevamente.

—Bueno, yo nunca. Ese es el viejo Chucky. Mi querido amigo, ¿cómo te trata el mundo? —Y entra el pobre y pequeño Chucky, el provinciano sin éxito, su verdadero nombre es Stenhouse, pero, por supuesto, Sopwith utilizando el otro recuerda todo, todo: «todo lo que no pude ser». Sí, aunque al día siguiente, al comprar su periódico y alcanzando el tren de la madrugada, todo le parecería tan infantil, absurdo; la torta de chocolate, los jóvenes; Sopwith recapitulando las cosas; no, no todo; él enviaría a su hijo allí. Él ahorraría cada penique para enviar a su hijo allí.

Sopwith seguía hablando; entrelazando fibras rígidas de peligroso discurso, cosas que los jóvenes dejaban escapar, trenzándolos entorno a su propia suave guirnalda, mostrando el lado brillante, los vívidos verdes, las espinas agudas, virilidad. Él adoraba esto. De hecho, un hombre podía decir todo a Sopwith, o por lo menos hasta que él haya envejecido, o sea enterrado, en lo profundo, cuando los discos de plata tintineen huecos, y la inscripción parezca un poco demasiado simple, y la vieja estampa luzca demasiado pura, y la vieja efigie siempre la misma; la cabeza de un muchacho griego. Pero lo respetaría en silencio. Una mujer, presintiendo el sacerdote, involuntariamente, lo despreciaría.

Cowan, Erasmus Cowan, bebía a sorbos su oporto a solas, o sino con un hombre pequeño, sonrojado, cuya memoria remontaba tanto como la suya; bebía a sorbos su oporto y contaba sus historias, y sin tener un libro por delante entonaba el latín, Virgilio y Cátulo, como si el lenguaje fuera vino sobre sus labios. Solo que, de vez en cuando uno lo piensa, ¿qué sucedería si el poeta entrara al cuarto? «¿*Esta*, mi imagen?», preguntaría, señalando al hombre regordete, cuya mente es, después de todo, el representante de Virgilio entre nosotros, a pesar del cuerpo de glotón, y en vez de armas, abejas, o incluso el arado; en el extranjero Cowan viaja con una novela francesa en el bolsillo, una manta sobre las rodillas, y agradece el estar de nuevo en su lugar, en casa, en su línea, sosteniendo en su confortable y pequeño espejo la imagen de Virgilio, con el halo de las buenas historias de los *dons* de Trinity y los brillos rojos del oporto. Pero el lenguaje es vino sobre sus labios. En ninguna otra parte escucharía Virgilio un sonido semejante. Y sin embargo, mientras deambula por los Backs, la vieja Miss Umphelby lo canta con una voz bastante melodiosa, y sin cometer errores, ella siempre se detiene a considerar esta pregunta cuando llega a Clare Bridge: «Pero, si lo conociera, ¿cómo debería estar vestida?», y así, siguiendo su camino remontando la avenida hacia Newnham, deja vagar su imaginación acerca de otros detalles de hombres encontrándose con mujeres que nunca han llegado a la letra impresa. Sus clases, por lo tanto, no gozan de la mitad de la asistencia que las de Cowan, y aquello que ella podría haber dicho elucidando el texto es omitido para siempre. Resumiendo, encara a un enseñante con la imagen de aquel que él enseña y el espejo se quebrará. Pero Cowan bebía a sorbos su oporto, pasado su entusiasmo, ya no más el representante de Virgilio. No, más bien el constructor, asesor, topógrafo; trazando líneas entre los nombres, colgando listas sobre las puertas. Tal es la tela a través de la cual la luz debe brillar, si puede brillar... la luz de todos estos lenguajes, chino y ruso, persa y árabe, de símbolos y figuras, de historia, de cosas conocidas y cosas que están a punto de ser conocidas. De tal manera que si en la noche, a lo lejos, en el mar, sobre las olas tumultuosas, uno ve una bruma sobre las aguas, una ciudad iluminada, una blancura en el cielo incluso, tal como ahora sobre el hall de Trinity donde aún están cenando, o lavando la vajilla, esa sería la luz ardiendo allí... la luz de Cambridge.

—Demos una vuelta por el cuarto de Simeon —dijo Jacob, y enrollaron el mapa, habiendo arreglado todo el asunto.

Todas las luces se iban encendiendo alrededor del patio, cayendo sobre los adoquines, destacando los oscuros parches de hierba y las margaritas solitarias. Ahora los jóvenes estaban de retorno en sus cuartos. Dios sabe lo que estaban haciendo. ¿Qué puede ser que *caiga* así? Y recostándose sobre una maceta rozagante, uno paró a otro que pasaba deprisa, y fueron para arriba y para abajo, hasta que una cierta plenitud se instaló en el patio, la colmena llena de abejas, la casa de las abejas gorda de oro, soñolienta, zumbante, vocal de pronto; la sonata *Claro de Luna* encontrando respuesta en un vals.

La sonata Claro de luna tintineaba a lo lejos; el vals produjo un estruendo. Aunque los jóvenes aún iban hacia arriba y hacia abajo, caminaban como si cumplieran con compromisos. De vez en cuando había un ruido sordo, como si algún mueble pesado hubiera caído, inesperadamente, por cuenta propia y no en la conmoción de vida colectiva después de la cena. Uno supondría que los jóvenes levantaban sus ojos de sus libros cuando los muebles caían. ¿Estaban leyendo? Sin dudas había un sentimiento de concentración en el aire. Detrás de las paredes grises se sentaban tantos jóvenes, algunos sin dudas leyendo, revistas, novelas sensacionalistas de pocos peniques, sin duda; piernas, tal vez, sobre los brazos de los sillones; fumando; tumbados sobre la mesa, y escribiendo, mientras sus cabezas giraban en círculos mientras la pluma se movía; simples jóvenes, estos, que serían... pero no hay necesidad de pensar que envejecerán; otros comiendo dulces; aquí boxeaban; y aquí, bueno, Mr Hawkins debe haberse vuelto loco de repente para abrir así su ventana y berrear: «¡Jo-seph, Jo-seph!», y luego correr tan rápido como pudo alrededor del patio, mientras un anciano en delantal verde, llevando una pila inmensa de tapas de lata, dudó, se balanceó y continuó. Pero esto era diversión. Había jóvenes que leían, recostados sobre sillones poco profundos, sosteniendo los libros como si tuvieran en sus manos algo que los ayudaría a salir adelante; estaban totalmente atormentados, viniendo de pueblitos de los Midlands, hijos de clérigos. Otros leían Keats. Y esas largas historias en varios volúmenes... seguramente alguno estaba ahora comenzando desde el principio para comprender el Santo Imperio Romano, como se debe. Esto era parte de la concentración, aunque hubiera sido peligroso en una calurosa noche de primavera... peligroso, tal vez, concentrarse demasiado en libros individuales, capítulos en realidad, cuando en cualquier momento la puerta se abría y Jacob aparecía; o Richard Bonamy, ya no leyendo Keats, comenzando a hacer largos bastones rosa del papel de un viejo periódico, inclinándose hacia delante, y ya no parecía entusiasmado y contento, sino casi temible. ¿Por qué? Tal vez solo porque Keats murió joven... uno desea escribir poesía también, y amar... ¡oh, los brutos! Es una condenada dificultad. Pero, después de todo, no tan difícil si en la próxima escalera, en una gran habitación, hay dos, tres, cinco jóvenes, todos convencidos de ello... o sea, de la brutalidad, y de la división clara entre lo correcto y lo incorrecto. Había un sofá, sillas, una mesa cuadrada, y, como la ventana estaba abierta, uno podía ver cómo se sentaban: piernas que emergían por aquí, uno por allá estrujado en un rincón del sofá; y, presumiblemente, porque no puede verse, alguien parado al costado del guardafuego, hablando. De todos modos, Jacob, que estaba sentado a horcajadas en una silla y comía dátiles de una gran caja, explotó de risa. La respuesta vino desde el rincón del sofá; porque su pipa fue sostenida en el aire, luego devuelta a su lugar. Jacob se tornó vivamente. Tenía algo que decir a *eso*, aunque el robusto muchacho pelirrojo a la mesa parecía negarlo, meneando su cabeza lentamente de lado a lado; y entonces, sacando su cortaplumas, clavó la punta una y otra vez en un nudo de la mesa, como si estuviera afirmando que la voz desde el guardafuego decía la verdad... lo que Jacob negaba. Posiblemente, una vez que haya terminado de poner en orden los carozos de los dátiles, podía encontrar algo para decir; de hecho sus labios se abrieron, solo que allí estalló un alarido de risa.

La risa murió en el aire. Su sonido apenas hubiera podido llegar a alguien en la capilla que se extendía en el lado opuesto del patio. La risa murió y solamente gestos de brazos, movimientos de cuerpos, podían verse conformando alguna forma en el cuarto. ¿Había sido una discusión? ¿Una apuesta en las carreras? ¿Algo totalmente diferente? ¿Qué estaban conformando los brazos y cuerpos moviéndose en el cuarto crepuscular?

Un paso o dos más allá de la ventana no había nada, excepto la cerca formada por los edificios; las chimeneas derechas, los techos horizontales; demasiado ladrillo y edificios para una noche de mayo, tal vez. Y entonces, vendrían delante de los ojos las montañas desnudas de Turquía: líneas nítidas, tierra seca, flores coloridas, y color sobre los hombros de las mujeres, paradas con sus piernas desnudas en la corriente sacudiendo la ropa blanca contra las piedras. La corriente provocaba remolinos de agua alrededor de sus tobillos. Pero nada de esto podía penetrar claramente a través de las telas y cubiertas de la noche de Cambridge. Incluso las campanadas del reloj se amortiguaban; como si fueran entonadas por una voz reverente desde el púlpito; como si generaciones de hombres educados escucharan la última hora corriendo entre sus bancos y bendiciéndola la daran, alisada y gastada por los años, para el uso de los vivientes.

¿Era para recibir el don del pasado que el joven se asomaba por la ventana y se quedaba allí, mirando a través del patio? Era Jacob. Estaba parado, fumando su pipa, mientras la última campanada del reloj ronroneaba suavemente en torno a él. Tal vez hubo una discusión. Parecía satisfecho; magistral, de hecho; con su expresión cambiando ligeramente mientras estaba allí, el sonido del reloj transmitiéndole (así podría ser) una noción sobre los viejos edificios y el tiempo; y él mismo un heredero; y después el mañana; y los amigos; y al pensar en ellos, de pura confianza y placer, así parecía, bostezó y se desperezó.

Mientras tanto, detrás suyo, la forma conformada por ellos, ya sea a causa de la disputa o no, la forma espiritual, aun cuando efímera, como de cristal al compararla con la piedra oscura de la capilla, se hizo astillas, jóvenes levantándose de sus sillas y de sus rincones de sofá, zumbando y chocándose en el cuarto, uno guiando al otro contra la puerta del dormitorio que cedió, y ahí cayeron. Jacob fue dejado allí, en el sillón poco profundo, ¿solo con Masham? ¿Anderson? ¿Simeon? Oh, era Simeon. Todos los otros se habían marchado.

«...Julián el apóstata...». ¿Cuál de ellos había dicho eso y las otras palabras murmuradas en torno a eso? Pero hacia la medianoche a veces se eleva, como una figura velada que se despierta de repente, un viento fuerte; y este, batiendo ahora a través de Trinity levanta hojas ocultas y borronea todo. «Julián el apóstata», y luego el viento. Las hojas de olmo se enderezan, las velas de los barcos se hinchan, las viejas goletas se levantan y se hunden, las tórridas olas grises en el cálido océano Índico dan vueltas, y después todo vuelve a la calma.

Así, si la dama velada había atravesado los patios de Trinity, ahora dormitaba de nuevo, toda su pañería alrededor de ella, su cabeza contra una columna.

—Parece que importa de algun manera.

La voz baja era la de Simeon.

La voz que le contestó era aún más baja. El golpe seco de una pipa sobre la repisa canceló las palabras. Y tal vez Jacob solo dijo «hum», o no dijo nada. Es cierto, las palabras eran inaudibles. Se trataba de la intimidad, una suerte de flexibilidad espiritual, en la que una mente imprime sobre otra mente, indeleblemente.

—Bueno, parece que has estudiado la cuestión —dijo Jacob, levantándose y quedándose parado, dominando la silla de Simeon. Se balanceó un poco, vaciló un poco. Parecía extraordinariamente feliz, como si su placer fuera a desbordar y salpicar por los lados si Simeon hablaba.

Simeon no dijo nada. Jacob permaneció parado. Pero la intimidad... el cuarto estaba lleno de ella, calma, profunda, como un estanque. Sin necesidad de movimiento o de discurso se levantó suavemente y se expandió sobre todo, apaciguando, encendiendo y bañando la mente con un lustre de perla, así que si uno habla de una luz, de Cambridge, ardiendo, no se trata solo de lenguajes. Es Julián el apóstata.

Pero Jacob se movió. Murmuró buenas noches. Se fue al patio. Abotonó su chaqueta sobre su pecho. Regresaba a su cuarto, y siendo la única persona que caminaba en ese momento de regreso a su cuarto, sus pisadas resonaron, su figura se cernía agrandada. De regreso de la capilla, de regreso del hall, de regreso de la biblioteca, vino el sonido de sus pisadas, como si la vieja piedra hiciera eco con autoridad magistral: «El joven; el joven; el joven; de regreso a su cuarto».

Capítulo cuatro

¿De qué sirve tratar de leer Shakespeare, especialmente en uno de esas pequeñas ediciones de papel biblia cuyas páginas se arrugan, o se pegan, por el agua del mar? Aun si las obras de Shakespeare han sido frecuentemente elogiadas, incluso citadas, y colocadas por encima de los griegos, Jacob nunca, desde que empezaron el viaje, logró leer una entera. Y sin embargo, ¡qué oportunidad!

Porque las islas Sorlingas habían sido avistadas por Timmy Durrant, descansando como cumbres montañosas, casi al ras del agua, exactamente en el lugar correcto. Sus cálculos habían obrado a la perfección y en realidad, la imagen de él, allí sentado, con su mano en el timón, las mejillas sonrojadas y cubiertas por un poco de barba, mirando severamente a las estrellas, luego a la brújula, descifrando de manera completamente correcta su página del manual eterno, hubiera emocionado a una mujer. Jacob, por supuesto, no era una mujer. La imagen de Timmy Durrant no era esa clase de imagen para él, nada para colocar en el cielo y adorar; lejos de ello. Habían disputado. Por qué la manera correcta de abrir una lata de picadillo de carne, con Shakespeare a bordo, bajo condiciones de un tal esplendor, tiene que haberlos convertido en estudiantes malhumorados, nadie lo puede decir. El picadillo de carne no es más que una comida fría, sin embargo; y el agua salada arruina las galletas; y las olas danzan y caracolean de la misma manera hora tras hora; danzan y caracolean a través de todo el horizonte. Ora un manojo de algas marinas pasa flotando; ora un tronco de madera. Hay barcos que han naufragado aquí. Pasan uno o dos barcos, manteniendo su lado de la ruta. Timmy sabía cuáles eran sus destinos, cuáles eran sus cargas, y, mirando por su catalejo, podía decir el nombre de las líneas e incluso estimar los dividendos que pagarían a sus accionistas. Sin embargo esa no era una razón para que Jacob se malhumore.

Las islas Sorlingas parecían cumbres montañosas, casi al ras del agua... Desafortunadamente, Jacob rompió la lengüeta de la hornilla a keroseno.

Las islas Sorlingas bien podían ser obliteradas por la marejada, barriendo todo a su paso.

Pero uno debe reconocer el mérito de los jóvenes y admitir que, a pesar que un desayuno comido ante tales circunstancias es sombrío, es también lo suficientemente sincero. No hay necesidad de mantener una conversación. Sacaron sus pipas.

Timmy escribió algunas observaciones científicas y... cualquiera que fuera la pregunta que rompió el silencio... ¿la hora exacta o el día del mes? En todo caso, fue dicha sin el menor embarazo, de la manera más prosaica del mundo; y entonces Jacob comenzó a desabotonar su ropa y se sentó desnudo, salvo por su camisa, intentando, aparentemente, bañarse.

Las islas Sorlingas se fueron azulando; y de pronto el azul, el púrpura y el verde inundaron el mar; lo dejaron gris; lo golpeó un rayo de luz que luego se desvaneció; pero, cuando Jacob se sacó la camisa por la cabeza, el piso completo de las olas era azul y blanco; estaba rizado y crispado, aun cuando una y otra vez una amplia marca púrpura aparecía, como un moretón; o flotaba como una esmeralda entera matizada de amarillo. Él se zambulló. Tragó agua, la escupió, dio un golpe con su brazo derecho, dio un golpe con su brazo izquierdo, fue remolcado con una soga, boqueó, chapoteó, y fue alzado a bordo.

El asiento en el bote estaba realmente caliente y el sol entibiaba su espalda mientras se sentaba desnudo con una toalla en su mano, mirando a las islas Sorlingas las que... ¡Maldita sea! La vela batió. Shakespeare fue expedido por encima de la borda. Allí se lo veía flotando alegremente, con todas sus páginas arrugándose, incontables; y entonces se hundió.

Extrañamente, uno puede oler violetas, o, si las violetas son imposibles en julio, deben cultivar algo muy acre allí en tierra firme. La tierra firme, no tan alejada... uno puede ver hendiduras en los acantilados, blancas cabañas, humo ascendiendo... lucía una extraordinaria apariencia de calma, de una paz soleada, como si la sabiduría y la piedad hubieran descendido allí sobre los habitantes. Después hubo un grito, como de un hombre vendiendo sardinas en la calle principal. Lucía una extraordinaria apariencia de piedad y paz, como si los viejos fumaran a la puerta, y las muchachas se detuvieran, con las manos sobre sus caderas, en el pozo, y los caballos se detuvieran; como si el fin del mundo estuviera por llegar, y los campos de coles y las paredes de piedra, y las estaciones guardacostas, y, sobre todo, las bahías de arena blanca con las olas quebrándose, sin ser vistas por nadie, se levantaran hacia el cielo en una especie de éxtasis.

Pero, imperceptiblemente, el humo de la cabaña decae, tenía la apariencia de un emblema mortuorio, de una bandera que hace flotar una caricia sobre una tumba. Las gaviotas, trazando amplios vuelos y luego dejándose llevar por el aire en paz, parecían marcar la tumba.

Sin duda, si esto fuera Italia, Grecia o incluso las costas de España, la tristeza sería desechada a favor de la novedad, la excitación y el recuerdo cómplice de una educación clásica. Pero las colinas de Cornualles tienen austeras chimeneas paradas sobre ellas; y, de una u otra manera, el encanto es infernalmente triste. Sí, las chimeneas y las estaciones guardacostas y las pequeñas bahías con las olas quebrándose sin ser vistas por nadie hacen que uno recuerde la pena abrumadora. Y, ¿cuál puede ser esta pena?

Es elaborada por la tierra misma. Viene de las casas en la costa. Comenzamos siendo transparentes y luego la nube se espesa. Toda la historia oscurece la placa de cristal que somos. Escapar es en vano.

Pero, en cuanto a si esta es la interpretación correcta de la melancolía de Jacob cuando se sienta desnudo, al sol, mirando hacia Land's End, es imposible decirlo; porque él nunca dijo una palabra. Timmy a veces se pregunta (solo por un segundo) si su familia le molesta... No tiene importancia. Hay cosas que no pueden ser dichas. Dejémoslo de lado. Sequémonos y tomemos la primera cosa que venga a mano... El cuaderno de observaciones científicas de Timmy Durrant.

—Ahora... —dijo Jacob.

Es una discusión tremenda la que tienen.

Algunos pueden seguir cada paso de la marcha, e incluso hacer un pequeño paso de más, de seis pulgadas, por ellos mismos al final; otros se quedan observando las señales externas.

Los ojos se fijan sobre el atizador; la mano derecha toma el atizador y lo levanta; lo torna suavemente, y entonces, sin cometer errores, lo pone en su lugar. La mano izquierda, que descansa en la otra rodilla, toca alguna música de marcha, majestuosa pero intermitentemente. Alguien toma un hondo respiro; pero suelta el aire sin usarlo. La gata marcha a través de la alfombra frente al hogar. Nadie la observa.

—Eso es lo más cerca que puedo arribar de esto —concluyó Durrant.

El próximo minuto fue silencioso como una tumba.

—Se sigue... —dijo Jacob.

Solo siguió una media frase; pero estas medias frases son como banderas puestas en las cimas de los edificios para el observador de cosas externas, allí abajo. ¿Qué era la costa de Cornualles, con sus aromas a violetas, y sus emblemas mortuorios, y su piedad tranquila, sino una pantalla que por casualidad se tiene justo detrás, mientras su mente avanza?

—Se sigue... —dijo Jacob.

—Sí —dijo Timmy, luego de reflexionar—. Es así.

Ahora Jacob empezó a agitarse de un lado al otro, un poco para estirarse, un poco en una clase de jovialidad, sin duda, porque el más extraño sonido salió de sus labios mientras enrollaba la vela, frotaba los platos... roncos, disonantes... una suerte de elegía, por haber comprendido el razonamiento, por ser el dueño de la situación, bronceado, sin afeitar, capaz para colmo de navegar alrededor del mundo en un yate de diez toneladas, lo que, muy probablemente, hará uno de estos días en vez de echar raíces en la oficina de un abogado, y vestir polainas.

—Sería mejor que nuestro amigo Masham —dijo Timmy Durrant— no fuera visto en nuestra compañía tal como estamos ahora. Sus botones estaban desabrochados.

—¿Conoces a la tía de Masham? —dijo Jacob.

—Nunca supe que tenía una —dijo Timmy.

—Masham tiene millones de tías —dijo Jacob.

—Masham es mencionado en el *Domesday Book* —dijo Timmy.

—Como sus tías —dijo Jacob.

—Su hermana —dijo Timmy— es una bonita muchacha.

—Eso es lo que te tocará, Timmy —dijo Jacob.

—Te tocará primero a ti —dijo Timmy.

—Pero esta mujer de la que te estaba hablando... la tía de Masham...

—¡Vamos, continúa! —dijo Timmy, porque Jacob estaba riendo tanto que no podía hablar.

—La tía de Masham...

Timmy reía tanto que no podía hablar.

—La tía de Masham...

—¿Qué pasa con Masham que hace reír tanto? —dijo Timmy.

—¡Maldita sea! Un hombre que traga su alfiler de corbata —dijo Jacob.

—Lord Chancellor antes de los cincuenta —dijo Timmy.

—Él es un caballero —dijo Jacob.

—El duque de Wellington fue un caballero —dijo Timmy.

—Keats no lo fue.

—Lord Salisbury lo fue.

—¿Y qué hay con Dios? —dijo Jacob.

Ahora parecía que las islas Sorlingas fueran apuntadas directamente por un dedo dorado saliendo de una nube; y todos saben lo portentosa que puede ser una vista así, y cómo esos anchos rayos, ya sea que iluminen sobre las islas Sorlingas o las tumbas de las cruzados en las catedrales, siempre hacen temblar las fundaciones mismas del escepticismo y llevan a bromear acerca de Dios.

—*Habita conmigo: / La noche cae rápida; / Las sombras se espesan; / Señor, habita conmigo.*

—cantó Timmy Durrant.

—En mi casa teníamos un himno que comenzaba así:

Gran Dios, ¿qué veo y oigo?

—dijo Jacob.

Las gaviotas se balanceaban dulcemente en pequeños grupos de dos o tres, muy cerca del barco; el cormorán, como si estuviera persiguiendo eternamente su largo cuello extendido hacia delante, volaba al ras del agua hasta la próxima roca; y el zumbar de la marea en las cavernas se escuchó a través del agua, bajo, monótono, como la voz de alguien que se habla a sí mismo.

—*Roca anciana, hendida por mí, / Déjame esconderme en ti.*

—cantó Jacob.

Como el diente desafilado de algún monstruo, una roca rompió la superficie; marrón; desbordada por las perpetuas cascadas.

—*Roca anciana...*

—cantó Jacob, descansando sobre su espalda, mirando hacia arriba al cielo del mediodía, desde donde cada fragmento de nube se había retirado, de tal manera que era como algo permanentemente exhibido al descubierto.

Hacia las seis una brisa sopló desde una capa de hielo; y hacia las siete el agua era más púrpura que azul; y hacia las siete y media había una zona de áspera tripa alrededor de las islas Sorlingas, y el rostro de Durrant, sentado al timón, era del color de una caja laqueada de rojo, pulida por generaciones. Hacia las nueve todo el fuego y la confusión se habían ido del cielo, dejando porciones de verde manzana y placas de amarillo pálido; y hacia las diez las linternas del barco emitían colores que se torcían en las olas, se alargaban o se aplastaban, mientras las olas se extendían o se enrollaban. El rayo del faro barría rápidamente a través del agua. Infinitos millones de millas más allá centellearon las estrellas pulverizadas; pero las olas sacudían el bote, y se estrellaban, con una solemnidad regular y aterradora, contra las rocas.

Aunque sería posible golpear a la puerta de la cabaña y pedir un vaso de leche, la intrusión sería solo impulsada por la sed. Y con todo quizás Mrs Pascoe estaría feliz. Puede ser que el día de verano se torne cansador a la larga. Lavando en su pequeño fregadero, ella puede oír el reloj barato sobre la repisa: tictac, tictac, tictac ... tictac, tictac,

tictac. Está sola en la casa. Su marido salió a ayudar al granjero Hosken; su hija se casó y se fue a los Estados Unidos. Su hijo mayor está casado también, pero ella no se lleva bien con su nuera. El pastor wesleyano vino y tomó al hijo más joven. Está sola en la casa. Un barco a vapor, tal vez con Cardiff por destino, cruza ahora el horizonte, mientras que muy cerca una campana de dedalera se balancea aquí y allá con un abejorro por badajo.Estas blancas cabañas de Cornualles están construidas al borde del arrecife; los jardines crecen el tojo mejor que las coles; y, por seto, algunos hombres primitivos han apilado bloques de granito. En uno de estos, para sostener, así conjetura un historiador, la sangre de la víctima, se ha ahuecado un cuenco, pero en nuestros días tiene un uso más doméstico sentando turistas que desean una vista ininterrumpida de Gurnard's Head. Nadie se opone a un vestido impreso en azul y un delantal blanco en el jardín de una cabaña, de todos modos.

—Mira, ella tiene que sacar agua del pozo en el jardín.

—Debe ser muy solitario en invierno, con el viento barriendo sobre esas colinas, y las olas estrellándose en las rocas.

Incluso en un día de verano uno los escucha murmurar.

Habiendo sacado su agua, Mrs Pascoe entró. Los turistas lamentaron que no habían traído gemelos, así hubieran podido leer el nombre del vapor de cabotaje. De hecho, era un día tan agradable que no era posible decir lo que un par de gemelos no hubieran permitido ver. Dos lugres pesqueros, probablemente de la bahía de St Ives, navegaban ahora en dirección opuesta al barco a vapor, y el piso del mar se tornaba alternadamente claro y opaco. En cuanto a la abeja, habiendo hecho su cuota de miel, visitó el cardón y luego fue en línea recta a la parcela de Mrs Pascoe, atrayendo una vez más la mirada de los turistas hacia el vestido impreso y el delantal blanco, porque ella se había llegado a la puerta de la cabaña y estaba parada allí.

Allí se quedó parada, haciendo sombra sobre sus ojos y mirando hacia el mar.

Por la millonésima vez, quizás, miraba el mar. Una mariposa pavo real se desplegó sobre el cardón, fresca y recién salida de la crisálida, como lo testificaba el azul y el chocolate bajo sus alas. Mrs Pascoe entró, tomó una cacerola para leche, salió, y se quedó parada fregándola. Sin duda su cara no era suave, ni sensual o lasciva, sino dura, sabia, más bien sana, tanto que en un cuarto lleno de gente refinada hubiera representado la carne y la sangre de la vida. Decía mentiras tanto como verdades. Detrás de ella, en la pared, colgaba una gran raya seca. Encerrada en el salón atesoraba los tapetes, las tazas de porcelana y las fotografías, aunque el pequeño cuarto mohoso estaba protegido de la brisa salina solo por la profundidad de un ladrillo, y entre las cortinas de encaje uno veía al alcatraz caer como una piedra, y en días tormentosos las gaviotas venían estremeciéndose en el aire, y las luces de los vapores estaban ora altas, ora bajas. Melancolía, eran los sonidos de las noches de invierno.

Los periódicos ilustrados eran entregados puntualmente los domingos, y ella leía cuidadosamente sobre la boda de Lady Cynthia en la abadía de Westminster. También ella quisiera montar en un carruaje de muelles. Las sílabas suaves y ligeras del discurso educado a menudo avergonzaban las suyas, pocas y rudas. Y después, toda la noche escuchando el Atlántico machacando sobre las rocas en vez de los taxis y de los lacayos llamando los automóviles a silbidos... Así debe haber soñado, fregando su cacerola para leche. Pero la gente habladora, con el espíritu vivaz, se había ido a las ciudades. Como una avara, ella había acumulado sus sentimientos dentro de su propio pecho. No había gastado un solo penique durante todos esos años y, mirándola con envidia, parece como si todo en ella fuera oro puro.

La vieja mujer sabia, fijando los ojos en el mar, se retiró una vez más. Los turistas decidieron que era tiempo de continuar hacia Gurnard's Head.

Tres segundos más tarde Mrs Durrant llamó suavemente a la puerta.

—¿Mrs Pascoe? —dijo ella.

Más bien arrogante, miró a los turistas cruzando el camino del campo. Ella venía de una raza de las Highlands, famosa por sus caciques.

Mrs Pascoe apareció.

—Le envidio ese arbusto, Mrs Pascoe —dijo Mrs Durrant, apuntando con el parasol con el que había llamado suavemente a la puerta la fina mata de corazoncillos que crecía al costado. Mrs Pascoe miró el arbusto con desdén.

—Estoy esperando a mi hijo en un día o dos —dijo Mrs Durrant—, navegando desde Falmouth con un amigo en un pequeño barco... ¿Alguna noticia de Lizzie, Mrs Pascoe?

Sus ponis de larga cola se quedaron en la ruta, a veinte yardas, crispando sus orejas. El muchacho, Curnow, quitaba las moscas sobre ellos de vez en cuando. Vio a su señora ir a la cabaña; salir; y, hablando enérgicamente a juzgar por los movimientos de sus manos, contornear el cuadro de hortalizas frente a la cabaña. Mrs Pascoe era su tía. Las dos mujeres examinaban un arbusto. Mrs Durrant se inclinó y tomó una espiga de él. Luego señaló (sus movimientos eran perentorios, se mantenía bien erguida) a las patatas. Tenían roya. Todas las patatas tenían roya ese año. Mrs Durrant le mostró a Mrs Pascoe lo grave que era la roya en sus patatas. Mrs Durrant hablaba enérgicamente; Mrs Pascoe escuchaba sumisa. El muchacho Curnow sabía que lo que Mrs Durrant estaba diciendo era perfectamente simple, uno mezcla el polvo en un galón de agua; «lo he hecho en mi jardín, con mis propias manos en mi propio jardín», estaba diciendo Mrs Durrant.

—No le quedará ni una patata… no le quedará ni una patata —decía Mrs Durrant con su voz enfática mientras llegaban al pórtico. El muchacho Curnow se quedó inmóvil como una piedra.

Mrs Durrant tomó las riendas en sus manos y se colocó en el asiento del conductor.

—Cuídese esa pierna, o tendré que enviarle el doctor —espetó sobre su hombro, tomó la rienda de los ponis, y el carruaje se dirigió hacia delante. El muchacho Curnow apenas si tuvo tiempo de pivotar para arriba con la punta de su bota. El muchacho Curnow, sentándose en medio del asiento trasero, miró a su tía.

Mrs Pascoe se quedó parada en el pórtico mirándolos; se quedó parada en el pórtico hasta que el cabriolé dobló la esquina; se quedó parada en el pórtico, mirando ora a la derecha, ora a la izquierda; y luego volvió a su cabaña.

Pronto los ponis atacaron el camino engrosado del páramo con esforzadas patas delanteras. Mrs Durrant dejó caer las riendas, flojas, y se reclinó hacia atrás. Su vivacidad la había abandonado. Su nariz de halcón era fina, como un hueso blanqueado, a través de ella uno casi podía ver la luz. Sus manos, descansando sobre las riendas en su regazo, eran firmes aun cuando reposaba. El labio superior se interrumpía tan corto que se levantaba solo desde los dientes delanteros, casi con desprecio. Su mente sobrevolaba leguas mientras la mente de Mrs Pascoe se adhería a su parcela solitaria. Su mente sobrevolaba leguas mientras los ponis subían el camino de la colina. Proyectaba su mente adelante y atrás, como si las cabañas sin techo, los montones de escoria y los jardines de las cabañas cubiertas de dedalera y zarza hicieran sombra sobre su mente. Llegada a la cima, detuvo el carruaje. Las pálidas colinas la rodeaban, cada una sembrada con viejas rocas; debajo estaba el mar, variable como el mar meridional; ella misma se sentaba mirando desde la colina hacia el mar, erguida, aquilina, igualmente inclinada a la melancolía que a la risa. Repentinamente dio un coletazo a los ponis de tal manera que el muchacho Curnow tuvo que pivotar para arriba con la punta de su bota.

Los grajos se asentaron; los grajos levantaron vuelo. Los árboles que ellos tocaban tan caprichosamente parecían insuficientes para alojar ese enorme número. Las copas de los árboles cantaron con la brisa en su interior; se escuchaba crujir las ramas y caer de vez en cuando, aunque la estación era pleno verano, cáscaras o ramitas. Los grajos fueron hacia arriba y hacia abajo nuevamente, levantando vuelo cada vez en menor número cuando los pájaros más sabios estaban listos para asentarse, porque la tarde ya había avanzado lo suficiente como para que el aire dentro del bosque esté casi oscuro. El musgo era suave; espectrales los troncos de los árboles. Más allá de ellos yacía un prado plateado. La hierba de las pampas levantó sus lanzas emplumadas desde los montones de verde al final del prado. Una gran banda de agua destelló. La esfinge de la correhuela giraba sobre las flores. De naranja y púrpura, capuchinas y laureles de San Antonio fueron bañados en el crepúsculo, pero la planta de tabaco y la pasionaria, sobre la cual giraba la gran mariposa nocturna, estaban blancas como la porcelana. Los grajos juntaban sus alas y las hacían rechinar en las copas de los árboles, y se estaban asentando para dormir cuando, a lo lejos, un sonido familiar se desató e hizo temblar el aire, aumentó, aturdió sus oídos... alas asustadas y adormecidas en el aire nuevamente... la campana de la cena en la casa.

Luego de seis días de viento salado, lluvia y sol, Jacob Flanders se había puesto el esmoquin. El objeto negro y discreto había hecho una aparición de tanto en tanto en el barco entre las latas, las salmueras, carnes en conserva y, mientras el viaje continuaba, se había vuelto más y más irrelevante, apenas creíble. Y ahora, el mundo habiéndose estabilizado, alumbrado por las velas, solo el esmoquin lo preservaba. Él no podía estar lo suficientemente agradecido. Aun si su cuello, sus muñecas y su cara estaban expuestos sin protección, y su persona entera, ya esté expuesta o no, le hormigueaba y brillaba intensamente, tanto que hacía del paño negro una pantalla imperfecta. Él retiró la gran mano roja que descansaba sobre el mantel. Subrepticiamente se cerró sobre las delgadas copas de cristal y los curvados tenedores de plata. ¡Los huesos de las chuletas estaban decorados con filigranas de papel rosado... y ayer él había roído jamón del hueso mismo! Frente a él había formas nebulosas, semitransparentes, de amarillo y azul. Detrás de ellas, otra vez, estaba el jardín de verde grisáceo y entre las hojas con forma de pera de la escalonia parecía que había barcos pesqueros atrapados y suspendidos. Un velero pasó lentamente por la espalda de las mujeres. Dos o tres figuras cruzaron la terraza precipitadamente en la oscuridad. La puerta se abrió y se cerró. Nada se asentó y nada quedó ininterrumpido. Como los remos remando ahora por este lado, ahora por este otro, eran las frases que venían ora aquí, ora allá, por cada lado de la mesa.

—¡Oh, Clara, Clara! —exclamó Mrs Durrant, y Timothy Durrant agregaba—: Clara, Clara —Jacob llamó a la forma en gasa amarilla, la hermana de Timothy, Clara. La joven se sentó sonriendo y se sonrojó. Con los ojos oscuros de su hermano, ella era más imprecisa y más suave que él. Cuando la risa fue muriendo ella dijo—: Pero, madre, era verdad. Él lo dijo, ¿no es cierto? Miss Eliot estaba de acuerdo con nosotros...

Pero Miss Eliot, alta, con la cabeza gris, estaba haciendo espacio al costado de ella para el anciano que había venido de la terraza. La cena no terminará jamás, pensó Jacob, y él no quería que terminara, aunque el barco había navegado de una esquina a la otra del marco de la ventana, y una luz marcaba el final del muelle. Vio la mirada de Mrs Durrant hacia la luz. Ella se volvió hacia él.

—¿Tú tomaste el timón o fue Timothy? —dijo ella—. Perdona si te llamo Jacob. He oído tanto de ti. —Entonces sus ojos se dirigieron nuevamente hacia el mar. Sus ojos se esmaltaron cuando miraba el paisaje.

—Un pequeño pueblo una vez —dijo ella— y ahora tan crecido... —Se levantó, tomando su servilleta con ella, y se quedó parada junto a la ventana.

—¿Discutió con Timothy? —preguntó Clara tímidamente—. Yo lo habría hecho.

Mrs Durrant volvió de la ventana.

—Se está haciendo cada vez más tarde —dijo ella, sentándose erguida y mirando bajo la mesa—. Deberían estar avergonzados, todos ustedes. Mr Clutterbuck, debería estar avergonzado —ella levantó su voz porque Mr Clutterbuck era sordo.

—*Estamos* avergonzados —dijo una joven. Pero el anciano con barba continuó comiendo tarta de ciruela. Mrs Durrant rio y se reclinó sobre la silla, como si lo complaciera.

—Se lo dejamos a su consideración —dijo un joven con gruesas gafas y un bigote de un rojo ardiente—. Yo digo que las condiciones se cumplieron. Ella me debe un soberano.

—No *antes* del pescado, sino *con* él, Mrs Durrant —dijo Charlotte Wilding.

—Esa fue la apuesta, con el pescado —dijo Clara seriamente—. Begonias, madre. Que había que comer con el pescado.

—Oh, querida —dijo Mrs Durrant.

—Charlotte no te pagará —dijo Timothy.

—Cómo te atreves... —dijo Charlotte.

—Ese privilegio será mío —dijo el cortés Mr Wortley, sacando un estuche de plata preparado con soberanos y deslizó una moneda sobre la mesa. Entonces Mrs Durrant se levantó y pasó a la sala, sosteniéndose muy derecha, y las muchachas en gasa amarilla, azul y plata la siguieron, y la anciana Miss Eliot en su vestido de terciopelo; y una pequeña mujer sonrosada, vacilando en la puerta, limpia, escrupulosa, probablemente una gobernanta. Todos salieron por la puerta abierta.

—Cuando seas tan vieja como yo, Charlotte —dijo Mrs Durrant, tirando del brazo de la muchacha hacia ella mientras iban y venían por la terraza.

—¿Por qué está tan triste? —preguntó Charlotte impulsivamente.

—¿Te parezco triste? Espero que no —dijo Mrs Durrant.

—Bueno, justo en este instante. Usted *no* es tan vieja.

—Lo suficiente como para ser la madre de Timothy. —Se detuvieron.

Miss Eliot estaba mirando a través del telescopio de Mr Clutterbuck en un extremo de la terraza. El viejo hombre sordo se quedó parado junto a ella, acariciando su barba y recitando los nombres de las constelaciones: —Andrómeda, Boyero, Sidonia, Casiopea...

—Andrómeda —murmuró Miss Eliot, levantando apenas el telescopio.

Mrs Durrant y Charlotte miraron a lo largo del cañón del instrumento apuntando a los cielos.

—Hay *millones* de estrellas —dijo Charlotte con convicción. Miss Eliot se tornó alejándose del telescopio. Los jóvenes rieron repentinamente en el comedor.

—Déjame mirar a mí —dijo Charlotte con impaciencia.

—Las estrellas me aburren —dijo Mrs Durrant, deambulando a lo largo de la terraza con Julia Eliot—. Leí un libro una vez acerca de las estrellas... ¿Qué están diciendo? —Ella se paró frente a la ventana del comedor—. Timothy —notó ella.

—El joven silencioso —dijo Miss Eliot.

—Sí, Jacob Flanders —dijo Mrs Durrant.

—¡Oh, madre! ¡No te reconocí! —exclamó Clara Durrant, viniendo de la dirección contraria con Elsbeth—. ¡Qué delicia! —aspiró, machacando una hoja de verbena.

Mrs Durrant se dio vuelta y se alejó, sola.

—¡Clara! —llamó. Clara vino a ella.

—¡Qué diferentes que son! —dijo Miss Eliot.

Mr Wortley pasó delante de ellas, fumando un cigarro.

—Cada día que pasa me encuentro a mí mismo de acuerdo... —dijo mientras las pasaba.

—Es tan interesante adivinar... —murmuró Julia Eliot.

—Cuando salimos más temprano podíamos ver las flores en ese macizo —dijo Elsbeth.

—Se ve muy poco ahora —dijo Miss Eliot.

—Ella debe haber sido tan hermosa, y todo el mundo enamorado de ella, por supuesto —dijo Charlotte—. Yo supongo que Mr Wortley... —ella se detuvo brevemente.

—La muerte de Edward fue una tragedia —dijo Miss Eliot decididamente.

Aquí Mr Erskine se unió a ellas.

—No hay tal cosa como el silencio —dijo él categóricamente—. Puedo escuchar veinte sonidos diferentes en una noche como esta sin contar sus voces.

—¿Lo apuesta? —dijo Charlotte.

—Hecho —dijo Mr Erskine—. Uno, el mar; dos, el viento; tres, un perro; cuatro...

Los otros pasaron.

—Pobre Timothy —dijo Elsbeth.

—Una hermosa noche —gritó Miss Eliot al oído de Mr Clutterbuck.

—¿Gusta mirar las estrellas? —dijo el anciano, dando vuelta el telescopio hacia Elsbeth.

—¿No lo pone melancólico mirar a las estrellas? —gritó Miss Eliot.

—Dios mío, no; Dios mío, no —se rio entre dientes Mr Clutterbuck cuando la entendió—. ¿Por qué me pondría melancólico? Ni por un momento. Dios mío, no.

—Gracias, Timothy, pero estoy yendo dentro —dijo Miss Eliot—. Elsbeth, aquí hay un chal.

—Ya voy —murmuró Elsbeth con sus ojos en el telescopio—. Casiopea —murmuró—. ¿Dónde están todos ustedes? —preguntó, quitando sus ojos del telescopio—. ¡Qué oscuro que está!

Mrs Durrant se sentó en el salón al lado de una lámpara enrollando un ovillo de lana. Mr Clutterbuck leía el *Times*. A la distancia se encontraba una segunda lámpara, y alrededor se sentaron las jóvenes damas, haciendo destellar las tijeras sobre la tela con lentejuelas plateadas para preparar una pieza de teatro aficionado. Mr Wortley leía un libro.

—Sí, él tiene toda la razón —dijo Mrs Durrant, levantándose y dejando de enrollar la lana. Y mientras Mr Clutterbuck leía el resto del discurso de Lord Lansdowne ella se sentó erguida, sin tocar el ovillo.

—Ah, Mr Flanders —dijo ella, hablando orgullosamente, como si le hablara al mismo Lord Lansdowne. Entonces ella suspiró y comenzó a enrollar su lana nuevamente.

—Siéntate *aquí* —dijo ella.

Jacob salió del lugar oscuro al lado de la ventana desde donde se había asomado. La luz cayó sobre él, iluminando cada grieta de su piel; pero ni un músculo de su cara se movió mientras se sentaba, mirando hacia el jardín.

—Quiero oír sobre tu viaje —dijo Mrs Durrant.

—Sí —dijo él.

—Hace veinte años nosotros hicimos lo mismo.

—Sí —dijo él. Ella lo miró severamente.

«Él es extraordinariamente torpe», pensó ella, notando como él toqueteaba sus calcetines. «Pero luce tan distinguido».

—En aquellos días... —continuó ella, y le contó cómo habían salido a navegar— ...mi marido, que sabía mucho sobre navegación, porque ya tenía un yate antes que nos casáramos... —y luego cómo temerariamente ellos habían desafiado a los pescadores— ...casi pagamos con nuestras vidas ¡pero estábamos tan orgullosos! —Ella extendió vivamente la mano que sostenía el ovillo de lana.

—¿Le sostengo la lana? —preguntó Jacob tieso.

—Tú haces eso con tu madre —dijo Mrs Durrant, mirándolo amablemente de nuevo, mientras transfería la madeja—. Sí, así va mucho mejor.

Él sonrió, pero no dijo nada.

Elsbeth Siddons se asomó por detrás de ellos con algo plateado en su brazo.

—Nosotros queríamos... —dijo ella—. He venido... —ella se detuvo brevemente.

—Pobre Jacob —dijo Mrs Durrant, tranquilamente, como si lo hubiera conocido toda su vida—. Te van a hacer actuar en su pieza de teatro.

—¡Cuánto la quiero! —dijo Elsbeth, arrodillándose al lado de la silla de Mrs Durrant.

—Dame la lana —dijo Mrs Durrant.

—Vino, vino —gritó Charlotte Wilding—. ¡He ganado mi apuesta!

—Hay otro racimo más alto —murmuró Clara Durrant, montando otro paso de la escala. Jacob sostuvo la escala mientras ella se extendía para alcanzar las uvas en lo alto de la viña.

—Ahora —dijo ella, cortando por el tallo. Ella parecía semitransparente, pálida, maravillosamente hermosa allí arriba entre las hojas de viña y el amarillo y púrpura de los racimos; las luces nadando como islas pintadas sobre ella. Los geranios y las begonias estaban erguidos en las macetas; los tomates trepaban por las paredes.

—Las hojas realmente necesitan una poda —consideró ella, y una hoja verde se abrió como la palma de una mano, y pasó circundando la cabeza de Jacob.

—Ya tengo más de lo que puedo comer —dijo él, mirando hacia arriba.

—Parece absurdo... —empezó Clara— volverse a Londres...

—Ridículo —dijo Jacob, firmemente.

—Entonces —dijo Clara—, tiene que venir de veras el próximo año —dijo ella, cortando con las tijeras otra hoja de viña, más bien al azar.

—Si... si...

Un niño pasó delante del invernadero gritando. Clara descendió lentamente la escala con su cesta de uvas.

—Un racimo de blancas y dos de negras —dijo ella, y colocó dos grandes hojas sobre ellos en la cesta, que se encresparon, tibias.

—Me ha gustado mucho estar aquí —dijo Jacob, mirando hacia el invernadero.

—Sí, ha sido encantador —dijo ella, vagamente.

—Oh, Miss Durrant —dijo él, tomando la cesta de uvas; pero ella pasó delante de él hacia la puerta del invernadero.

«Tú eres demasiado bueno, demasiado bueno», pensó ella, pensando en Jacob, pensando que él no debía decir que la amaba. No, no, no.

Los niños se arremolinaban al pasar la puerta, tirando algo, alto en el aire.

—¡Pequeños demonios! —gritó ella—. ¿Qué tienen allí? —preguntó a Jacob.

—Cebollas, pienso —dijo Jacob. Él los miró sin moverse.

—El próximo agosto, recuerda, Jacob —dijo Mrs Durrant, dándole la mano en la terraza donde colgaba la fucsia, como un dije escarlata, detrás de su cabeza. Mr Wortley salió por la ventana en pantuflas amarillas, acarreando el *Times* y extendiendo su mano muy cordialmente.

—Adiós —dijo Jacob—. Adiós —repitió él—. Adiós —dijo él una vez más. Charlotte Wilding levantó la ventana de su cuarto y gritó—: ¡Adiós, Mr Jacob!

—¡Mr Flanders! —gritó Mr Clutterbuck, tratando de salir de su silla de colmena—. ¡Jacob Flanders!

—Demasiado tarde, Joseph —dijo Mrs Durrant.

—No para posar para mí —dijo Miss Eliot, plantando su trípode sobre el césped.

Capítulo cinco

—Yo pienso más bien —dijo Jacob, sacando la pipa de su boca— que está en Virgilio... —Y empujando la silla hacia atrás, fue a la ventana.

Los conductores más imprudentes en el mundo son, ciertamente, los conductores de camionetas del correo. Rodando abajo Lamb's Conduit Street, la camioneta escarlata dio vuelta a la esquina al lado del pilar del buzón de tal manera que rasguñó el bordillo y provocó que la pequeña niña que estaba de puntillas enviando una carta mire hacia arriba, medio asustada, medio curiosa. Ella se detuvo brevemente con su mano en la boca del buzón; luego dejó caer su carta y se alejó corriendo. Es solo raramente que vemos con compasión a un niño de puntillas... lo más corriente es un malestar oscuro, un grano de arena en el zapato que apenas si vale la pena remover... eso es lo que uno siente... y así Jacob tornó hacia la biblioteca.

Hace mucho tiempo grandes personajes vivían aquí, y volviendo de Court después de la medianoche esperaban de pie, recogiendo sus faldas de satén, bajo el abrigo de los postes esculpidos de la puerta, mientras el lacayo se levantaba del colchón sobre el piso, asegurando apresurado los botones inferiores de su chaleco, y dejándolos entrar. La lluvia amarga del siglo XVIII inundaba la caseta del perro. Sin embargo, en estos días Southampton Row es notable sobre todo por el hecho que uno va a encontrar siempre un hombre intentando vender una tortuga a un sastre: —¡Le da valor al tweed, sir; lo que quiere la gente bien es algo singular que llame la atención, sir... y de costumbres limpias, sir! —Así exhibían sus tortugas en los escaparates.

En la esquina de la biblioteca Mudie's, en Oxford Street, todas las cuentas rojas y azules se habían reunido en un solo hilo. Los ómnibus a motor estaban bloqueados. Mr Spalding, que estaba yendo a la City, miró a Mr Charles Budgeon que se dirigía a Shepherd's Bush. La cercanía de los ómnibus daba a los pasajeros sentados en las ventanillas la oportunidad de mirarse cara a cara los unos a los otros. Y sin embargo solo unos pocos aprovecharon la ocasión. Cada uno tenía su asunto en el que pensar. Cada uno tenía su pasado cerrado en él como las hojas de un libro sabido de memoria; y los amigos solo podían leer el título, James Spalding o Charles Budgeon y los pasajeros yendo en la dirección contraria no podían leer nada, salvo «un hombre con el bigote pelirrojo», «un hombre en esmoquin gris fumando una pipa». El sol de octubre se posaba sobre todos estos hombres y mujeres sentados, inmóviles; y el pequeño Johnnie Sturgeon aprovechó la oportunidad para rodar por las escaleras, llevando su gran y misterioso paquete, y así, esquivando las ruedas en zigzag, llegó a la acera, comenzó a silbar una melodía y pronto se escapó de la vista... para siempre. Los ómnibus dieron unas sacudidas y cada persona sintió alivio al estar un poco más cerca del fin del viaje, aunque algunos se engatusaron a sí mismos a cumplir con el compromiso más inmediato con la promesa de la indulgencia que venía más tarde, el pastel de carne y riñones, tomar algo o jugar al dominó en un rincón lleno de humo de un restaurante de la ciudad. Oh sí, la vida humana es muy tolerable en la imperial de un ómnibus en Holborn, cuando el policía mantiene su brazo levantado y el sol pega en la espalda y si existe algo como una concha secretada por el hombre que le quepa perfectamente a sí mismo la hemos encontrado aquí, a orillas del Támesis, donde las grandes calles se juntan y la catedral de St Paul, como la voluta en la cima de una concha de caracol, la remata. Jacob, bajando del ómnibus, subió la escalera merodeando, miró su reloj, y finalmente se decidió y entró... ¿Se requiere un esfuerzo? Sí. Estos cambios de humor nos desgastan.

El interior es sombrío, frecuentado por fantasmas de mármol blanco, a quienes el órgano les dirige su salmodia por siempre. Es horrible si una bota cruje; luego el orden; la disciplina. El sacristán con su vara tiene dominio sobre la vida. Los coristas angelicales son dulces y santos. Y siempre alrededor de los hombros de mármol, colándose entre los dedos doblados, van los finos sonidos de voces y órganos. Para siempre el requiem... descanso. Cansada de refregar los peldaños de la oficina de la Prudential Society, lo que hacía todo el año, Mrs Lidgett tomó asiento detrás de la tumba del duque, cruzó las manos, y entrecerró los ojos. Un lugar magnífico para que descanse una anciana, al lado mismo de los huesos del glorioso duque, cuyas victorias no significaban nada para ella, cuyo nombre ella no conocía, aunque nunca dejaba de saludar los angelitos al frente, mientras pasaba, deseando los mismos para su tumba, porque la cortina de cuero de su corazón se agita en gran manera, y salen de puntillas pensamientos de descanso, dulces melodías... Sin embargo, el viejo Spicer, comerciante del yute, no pensó nada por el estilo. Extrañamente, él no había estado nunca en St Paul en estos cincuenta años, aunque las ventanas de su oficina miraban al patio de la iglesia. «Así que ¿eso es todo? Un viejo lugar melancólico... ¿Donde está la tumba de Nelson? No hay tiempo ahora, vuelvo otra vez, una moneda para dejar en el cepillo... ¿Llueve o hace buen tiempo? ¡Bueno, si al menos se decidiera!». Los niños corretean... el sacristán los regaña... y ahora otro, y otro... hombre, mujer, hombre, mujer, muchacho... dirigiendo su mirada hacia arriba, frunciendo los labios, la misma sombra dando forma a los mismos rostros; la cortina de cuero del corazón se agita en gran manera.

Nada puede parecer más certero desde los peldaños de St Paul que cada persona está milagrosamente provista de una capa, una falda y botas; ingresos; un proyecto. Solo Jacob, llevando en su mano el *Imperio Bizantino* de Finlay, que había comprado en Ludgate Hill, parecía un poco diferente; porque en sus manos llevaba un libro, el libro que, precisamente a las nueve y media al lado de su hogar, abriría y estudiaría, como nadie de entre estas multitudes lo haría. No tienen casas. Las calles pertenecen a ellos; los negocios; las iglesias; suyos son los escritorios innumerables; las luces de las extensas oficinas; las camionetas son suyas, y las vías del ferrocarril suspendido a lo alto, sobre la calle. Si uno mira más de cerca verá tres ancianos, a una pequeña distancia cada uno del otro, conducen sillas volantes a lo largo de la acera como si la calle fuera su salón, y aquí, contra la pared, una mujer mira fijamente hacia la nada, exhibiendo cordones para botas, sin pedirle a uno que los compre. Los carteles son también suyos; y las noticias sobre ellos. Una ciudad destruida; una carrera ganada. Una gente sin hora, circulando entre el cielo cuyo azul o blanco es velado por un techo tejido de malla de acero y de estiércol de caballo reducido a polvo.

Allí, bajo la pantalla verde, con su cabeza inclinada sobre el papel blanco, Mr Sibley transfiere las cifras a los registros, y sobre cada escritorio uno observa, como si fueran víveres, un montón de papeles, los nutrientes del día, consumidos lentamente por la pluma industriosa. Los sobretodos innumerables de la calidad prescripta cuelgan todo el día en los corredores, pero cuando el reloj da las seis cada uno es exactamente llenado, y las pequeñas figuras, divididas en pantalones o amoldadas a un simple grosor, tironean rápidas con un movimiento angular hacia delante a lo largo de la acera; luego se pierden en la oscuridad. Bajo la acera, hundidas en la tierra, galerías vacías alineadas con luces amarillas los transportan para siempre por este u otro camino, y las grandes letras sobre las placas de esmalte representan en el mundo subterráneo los parques, plazas, y las rotondas del superior. «Marble Arch... Shepherd's Bush», para la mayoría Arch y Bush serán eternamente letras blancas sobre un fondo azul. Solo en cierto punto... puede ser Acton, Holloway, Kensal Rise, Caledonian

Road... el nombre significa negocios donde se compran cosas, y casas, en una de las cuales, más allá a la derecha, donde los árboles podados crecen en medio de las piedras de los adoquines, hay una ventana cuadrada con cortinas, y un dormitorio.

Largo tiempo después de la puesta del sol una anciana ciega se sienta en una silla plegable con su espalda dando a la pared de piedra del Union of London and Smith's Bank, estrechando un cachorro sin raza, marrón, en sus brazos y cantando en voz alta, no por unos cobres, no, sino de las profundidades de su alegre y salvaje corazón, su corazón pecador y moreno, porque el niño que viene a buscarla es el fruto del pecado, y ya debería estar en cama, con las cortinas corridas, dormido, en lugar de escuchar bajo la luz de la lámpara la canción salvaje de su madre, allí donde se sienta contra el Bank, no cantando por unos cobres, con su perro contra su pecho.

Se fueron a casa. Las agujas de la iglesia gris los recibieron; la ciudad canosa, vieja, pecadora y majestuosa. Uno tras otro, redondos o puntiagudos, perforando el cielo o concentrándose entre ellos, como barcos de vela, como acantilados de granito, las agujas y las oficinas, muelles y fábricas atestan la orilla; los peregrinos caminan eternamente; las lanchas descansan con pesadas cargas en medio de la corriente; como algunos así lo creen, la ciudad ama sus prostitutas.

Pero parece que pocas son admitidas a un punto tal. De todos los carruajes que salen del arco de la Opera ninguno dobla hacia el este, y cuando el pequeño ladrón es capturado en la plaza del mercado vacía nadie en traje de etiqueta o en vestido rosa bloquea el camino sosteniendo brevemente con la mano la puerta del carruaje para ayudar o para condenar... aunque Lady Charles, para hacerle justicia, suspira tristemente mientras asciende su escalera, toma su Tomás de Kempis, y no duerme hasta que su mente se ha perdido construyendo túneles en la complejidad de las cosas. «¿Por qué? ¿Por qué? ¿Por qué?», suspira ella. Al fin y al cabo es mejor caminar desde la Opera. La fatiga es la más segura de las bebidas soporíferas.

La estación de otoño estaba a pleno. Tristan se sacaba su manta por encima de las axilas dos veces por semana; Isolde agitaba su bufanda en milagrosa solidaridad con la batuta del director. En toda la sala se encontraban caras rosadas y pechos relucientes. Cuando una mano real unida a un cuerpo invisible se escurrió y retiró el ramo rojo y blanco que descansa en la repisa escarlata, la reina de Inglaterra parecía ser un nombre por el que valía la pena dar la vida. La belleza, en su variedad de invernadero (que no es para nada de las peores), florecía palco tras palco; y aunque nada de profunda importancia fue dicho, y aunque es generalmente aceptado que el ingenio abandona los labios hermosos, alrededor del tiempo en que Walpole murió, en todo caso en la época en que Victoria bajaba en camisón a encontrarse con los ministros, los labios (a través de los gemelos de la ópera) permanecían rojos, adorables. Los hombres calvos distinguidos con bastones con empuñadura de oro se pasearon por las avenidas carmesí entre las butacas, y solo quebraron sus conversaciones con los palcos cuando las luces disminuyeron, y el director, primero haciendo una reverencia a la reina, luego a los hombres calvos, giró sobre sus pies y levantó su batuta.

Entonces dos mil corazones en la semipenumbra recordaron, anticiparon, viajaron oscuros laberintos; y Clara Durrant dijo adiós a Jacob Flanders, y probó la dulzura de la muerte en efigie; y Mrs Durrant, sentada detrás de ella en la oscuridad del palco, suspiró con un suspiro profundo; y Mr Wortley, cambiando su puesto detrás de la esposa del embajador de Italia, pensó que Brangäne era una nimiedad ronca; y suspendido en la galería, varios pies sobre sus cabezas, Edward Whittaker subrepticiamente acercó una luz a su partitura minúscula; y... y...

En resumen, el observador se ahoga con las observaciones. Solo para salvarnos de quedar sumergidos por el caos, la naturaleza y la sociedad han compuesto entre ellos un sistema de clasificación que es la simplicidad misma; butacas, palcos, anfiteatro, galería. Los moldes se llenan cada noche. No hay necesidad de registrar los detalles. Pero la dificultad permanece... uno tiene que elegir. Porque aun cuando yo no deseo ser la reina de Inglaterra, o tal vez solo por un instante..., me sentaría con gusto a su lado; escucharía los cotilleos del primer ministro; el murmuro de la condesa, y compartiría sus recuerdos de salones y jardines; las frentes masivas de la gente respetable encubren después de todo su código secreto; sino ¿para qué ser tan impermeable? Y entonces, quitándose su cabeza, qué extraño asumir que uno es por un momento otra persona, cualquiera entre ellos, ya fuera un hombre de valor que ha regido el imperio; referir, mientras Brangäne canta, los fragmentos de Sófocles, o ver en un destello, mientras el pastor toca su melodía en la flauta, puentes y acueductos. Pero no, debemos elegir. ¡Nunca ha habido una necesidad más dura!, o una que conlleve un dolor más grande, un desastre más certero; porque donde sea que me siente, muero en exilio: Whittaker en su pensión; Lady Charles en la casa señorial.

Un hombre joven con una nariz *à la* Wellington, que ocupaba un asiento de siete chelines y medio, se abría camino por las escaleras de piedra, una vez la ópera terminada, como si todavía se encontrara un poco aparte de sus compañeros debido a la influencia de la música.

A medianoche Jacob Flanders oyó un golpecito en su puerta.

—¡Diantre! —exclamó— ¡tú eres exactamente la persona que necesito! —Y sin más descubrieron las líneas que había estado buscando todo el día; solo que no eran de Virgilio sino de Lucrecio.

—Sí, eso le producirá un impacto —dijo Bonamy, cuando Jacob dejó de leer. Jacob estaba excitado. Era la primera vez que leía su ensayo en voz alta.

—¡Qué cabrón! —dijo, de manera un poco demasiado extravagante; pero el elogio le había subido a la cabeza. El profesor Bulteel, de Leeds, había publicado una edición de Wycherley sin indicar que había dejado fuera, eviscerado, o indicado solo con asteriscos, muchas palabras indecentes y algunas frases indecentes. Un ultraje, dijo Jacob; un abuso a la fe; pura mojigatería; símbolo de una mente lasciva y una naturaleza repugnante. Aristófanes y Shakespeare fueron citados. La vida moderna fue repudiada. Grandes burlas se hicieron al título profesional, y Leeds como un sitio de aprendizaje fue objeto de burla. Y la cosa extraordinaria era que estos jóvenes estaban perfectamente en lo correcto, extraordinariamente, porque, aun cuando Jacob hizo copias de sus páginas, sabía que nadie iba a imprimirlas; y con seguridad volvieron desde el *Fortnightly*, el *Contemporary*, el *Nineteenth Century*... hasta que Jacob las tiró al arcón de madera negra donde guardaba las cartas de su madre, sus viejos pantalones de franela, y una nota o dos con los matasellos de Cornualles. La tapa se cerró sobre la verdad.

Este arcón de madera negra, sobre el cual su nombre era aún legible en pintura blanca, estaba posado a lo largo de las dos ventanas de la sala de estar. La calle pasaba por debajo. Sin dudas el dormitorio estaba por detrás. Los muebles, tres sillas de mimbre y una mesa de alas abatibles, venían de Cambridge. Estas casas (la hija de Mrs Garfit, Mrs Whitehorn, era la dueña de esta) fueron construidas, digamos, hace unos ciento cincuenta años. Los cuartos son bien proporcionados, los techos altos; sobre el umbral, una rosa o el cráneo de un carnero están tallados en la madera. El siglo XVIII tiene su distinción. Incluso los paneles, pintados con tinta color frambuesa, tienen su distinción...

«Distinción», dijo Mrs Durrant, que Jacob Flanders tenía una «apariencia distinguida». «Extremadamente torpe», dijo ella, «pero con una apariencia tan distinguida». Viéndolo por primera vez no hay duda que es la palabra para él. Descansando en el respaldo de su silla, tomando su pipa de sus labios, y diciendo a Bonamy: «Ahora bien, sobre esta ópera» (ya habían terminado de hablar sobre la indecencia). «Este compañero Wagner» ... «distinción» era una de las palabras a utilizar naturalmente, aunque, de mirarlo, uno habría encontrado difícil decir qué asiento en la ópera era el suyo, butacas, galería o gallinero. ¿Un escritor? Carecía de conciencia de sí mismo. ¿Un pintor? Había algo en la forma de sus manos (descendía por lado de su madre de una familia de la antigüedad más grande y de la oscuridad más profunda) que indicaba gusto. Y luego su boca... pero, seguramente, de todas las ocupaciones vanas esta de catalogar características es la peor. Una palabra es suficiente. ¿Pero si uno no puede encontrarla?

«Me agrada Jacob Flanders», escribió Clara Durrant en su diario. «Él es tan idealista. No se da aires de grandeza, y uno puede decirle lo que quiera, aunque él da miedo porque...». Pero Mr Letts otorga poco espacio en sus diarios de un chelín. Además, Clara no era de las que toman el espacio para los miércoles. ¡La más humilde y más ingenua de las mujeres! «No, no, no», suspiró ella, parada en la puerta del invernadero, «no rompas... no estropees» ... ¿Qué? Algo infinitamente maravilloso.

Pero, en fin, este es solamente el lenguaje de una joven mujer, una, también, que ama, o se refrena de amar. Ella deseaba que el momento dure para siempre, exactamente como era, esa mañana de julio. Y los momentos no duran. Ahora, por ejemplo, Jacob contaba una historia sobre cierto paseo que había hecho, y que el mesón se llamaba «El pote espumante», el que, considerando el nombre de la dueña... Ellos estallaron de risa. La broma era indecente.

«El joven silencioso», había dicho Julia Eliot, y dado que ella cenaba con los primeros ministros, sin duda quería decir: «Si él quiere ser algo en este mundo, tendrá que encontrar su lengua».

Timothy Durrant nunca hizo comentario alguno.

La criada fue recompensada muy generosamente.

La opinión de Mr Sopwith fue tan sentimental como la de Clara, aunque, de lejos, expresada con más habilidad.

Betty Flanders era romántica en lo que respecta a Archer y tierna en cuanto a John, pero se irritaba irracionalmente por la torpeza de

Jacob en la casa.

Era el preferido del Capitán Barfoot entre los muchachos; pero en cuanto al por qué...

Parece entonces que los hombres y las mujeres son igualmente culpables. Parece que una opinión profunda, imparcial, y absolutamente justa de nuestras semejantes es completamente imposible. O somos hombres, o somos mujeres. O somos fríos, o somos sentimentales. O somos jóvenes, o estamos envejeciendo. En todo caso la vida no es sino una procesión de sombras, y Dios sabe por qué es que las abrazamos con tanta impaciencia, y las vemos partir con tal angustia, siendo sombras. Y ¿por qué, si esto... y mucho más que esto es verdadero, por qué nos sorprendemos en la esquina de la ventana por una visión repentina: que el joven en la silla es de todas las cosas en el mundo la más real, la más sólida, la más conocida para nosotros... por qué de hecho? Ya que al siguiente momento no sabemos nada sobre él.

Tal es la manera de nuestra visión. Tales las condiciones de nuestro amor.

(«Tengo veintidós años. Estamos casi a finales de octubre. La vida es totalmente agradable, aunque desafortunadamente hay una gran cantidad de tontos sueltos. Uno debe aplicarse a lo uno o a lo otro... Dios sabe a qué. Todo es realmente muy alegre... excepto levantarse por la mañana y vestirse de frac»).

—Digo, Bonamy, ¿qué decir de Beethoven?

(«Bonamy es un compañero asombroso. Sabe prácticamente todo... no más que yo sobre literatura inglesa... pero él ha leído todos esos franceses»).

—Sospecho que estás desvariando, Bonamy. A pesar de lo que dices, pobre viejo Tennyson...

(«La verdad es que tendrían que habernos enseñado francés. Ahora mismo, supongo, el viejo Barfoot está hablando con mi madre. Eso es un asunto extraño, con seguridad. Pero no puedo imaginarme a Bonamy allá abajo. ¡Maldito Londres!»), porque los carros del mercado iban torpemente calle abajo.

—¿Qué dirías de una caminata el sábado?

(«¿Qué hay para hacer el sábado?»).

Entonces, sacando su agenda, se aseguró que la noche de la fiesta de los Durrant era la semana siguiente.

Pero aunque todo esto puede muy bien ser verdad... así pensó y habló Jacob... así cruzó las piernas... llenó su pipa... bebió a sorbos su whisky, y consultó su agenda, encrespando su cabello de la manera en que lo hacía, permanece algo que no puede transmitirse en segunda persona, solo por Jacob mismo. Además, parte de esto no es Jacob sino Richard Bonamy... el cuarto; los carros del mercado; la hora; el momento mismo de la historia. Considere a continuación el efecto del sexo... cómo entre hombre y mujer todo queda suspendido, trémulo, de tal manera que aquí hay un valle, allí un pico, cuando en realidad, quizás, todo es completamente plano como mi mano. Incluso las palabras exactas toman un acento incorrecto en ellos. Pero algo está siempre impulsándolo a uno a zumbar vibrando, como los esfíngidos en la boca de la caverna del misterio, dotando a Jacob Flanders con toda clase de atributos que no tenía en absoluto... porque aun si, ciertamente, él se sentó a hablar con Bonamy, mitad de lo que dijo era demasiado soso como para repetirlo; mucho ininteligible (sobre gente desconocida y el parlamento); lo que permanece es sobre todo una cuestión de trabajo de conjetura. Con todo, acerca de él, vibramos en suspenso.

—Sí —dijo el capitán Barfoot, golpeando su pipa en el hornillo de la chimenea de Betty Flanders y abotonando su capa—. Implica el doble de trabajo, pero eso no me molesta.

Él era ahora concejal de la ciudad. Miraban la noche, que era igual a la noche de Londres, solo que mucho más transparente. Las campanas de las iglesias, abajo, en la ciudad, daban las once. El viento venía del mar. Y todas las ventanas del dormitorio estaban oscuras... los Page domían; los Garfit dormían; los Cranch dormían... mientras que en Londres, a esta hora, quemaban a Guy Fawkes en Parliament Hill.

Capítulo seis

Las llamas habían tomado bien.

—¡Allí se ve St Paul! —gritó alguien.

Mientras la madera tomaba, la City de Londres fue encendida por un segundo; alrededor del fuego había árboles. De las caras que emergían, frescas y vivas como pintadas de amarillo y rojo, la más prominente era la de una muchacha. Por efecto de la luz de las llamas parecía no tener cuerpo. El óvalo de la cara y el pelo colgaban junto al fuego con un vacío oscuro como fondo. Como deslumbrados por el fulgor, sus ojos verdiazules miraban fijamente las llamas. Cada músculo de su cara estaba tenso. Había algo trágico en ella, mirando fijamente así... su edad entre veinte y veinticinco años.

Una mano descendiendo de la oscuridad escabrosa le colocó sobre la cabeza el sombrero blanco y cónico de un *pierrot*. Sacudiendo su cabeza, ella miraba fijamente todavía. Una cara con bigotes apareció sobre ella. Pusieron dos patas de una mesa sobre el fuego y un manojo de ramitas y de hojas. Todo esto ardió y mostró caras más alejadas, redondas, pálidas, suaves, barbudas, algunas con sombreros hongo sobre ellas; todas absortas; e hicieron aparecer también a St Paul, flotando sobre las capas desiguales de niebla blanca, y dos o tres agujas estrechas, blancas como el papel, con forma de apagavelas.

Las llamas se abrían camino a través de la madera y rugían cuando, Dios sabe de dónde, cubos arrojaron agua en hermosas formas huecas, como caparazones de tortuga pulidos; arrojaron agua una y otra vez; hasta que el silbido parecía el de un enjambre de abejas; y todas las caras desaparecieron.

—Oh Jacob —dijo la muchacha, mientras montaban con dificultad la colina en la oscuridad—, ¡soy tan espantosamente infeliz!

Se escuchaban carcajadas que provenían de los otros... agudas, graves; algunas antes, otras después.

El comedor del hotel estaba brillantemente iluminado. La cabeza de un ciervo en yeso se encontraba en un extremo de la mesa; en el otro algún busto romano ennegrecido y enrojecido representando a Guy Fawkes, de quien era la noche. Los comensales estaban ligados por guirnaldas de rosas de papel, de modo que cuando llegó el momento de cantar «Auld Lang Syne» con sus manos cruzadas una línea rosada y amarilla subía y bajaba a lo largo de la mesa. Había un golpeteo enorme de verdes copas de vino. Un joven se puso de pie y Florinda, tomando uno de las bolas purpurinas que descansaban sobre la mesa, la arrojó derecho hacia su cabeza. Se hizo añicos.

—¡Soy tan espantosamente infeliz! —dijo ella, tornándose hacia Jacob, que estaba sentado al lado de ella.

La mesa corrió, como si estuviera montada sobre patas invisibles, al costado del cuarto, y un organillo adornado con un paño rojo y dos potes de flores desbobinaba música de vals.

Jacob no sabía bailar. Estaba parado contra la pared, fumando una pipa.

—Pensamos —dijeron dos de los bailarines, separándose del resto, e inclinándose significativamente ante él—, que usted es el hombre más hermoso que jamás hayamos visto.

Y así coronaron su cabeza con flores de papel. Entonces alguien trajo una silla blanca y dorada e hicieron que se siente sobre ella. Mientras pasaba, la gente colgaba uvas de cristal sobre sus hombros, hasta que él parecía la figura de proa de una nave naufragada. Después Florinda se sentó sobre sus rodillas y escondió la cara en su chaleco. Con una mano la sostenía a ella; y con la otra, su pipa.

—Ahora hablemos —dijo Jacob, mientras caminaba hacia abajo por Haverstock Hill entre las cuatro y las cinco, en la mañana del seis de noviembre, tomado del brazo con Timmy Durrant—, sobre algo sensato.

Los griegos... sí, de eso hablaron... cómo cuando todo está dicho y hecho, cuando uno se ha enjuagado la boca con cada literatura en el mundo, incluyendo la china y la rusa (pero estos eslavos no son civilizados), es el sabor del griego el que perdura. Durrant citó a Esquilo... Jacob a Sófocles. Es verdad que ningún griego habría entendido o profesor se hubiera refrenado de precisar... No importa; ¿para qué está el griego sino para ser gritado en Haverstock Hill al amanecer? Por otra parte, Durrant nunca escuchaba a Sófocles, ni Jacob a Esquilo. Eran presumidos, triunfadores; a ambos les parecía que habían leído cada libro en el mundo; conocido cada pecado, pasión, y alegría. Las civilizaciones se tenían alrededor suyo como flores listas para ser recogidas. Las edades oleaban a sus pies como ondas hechas para navegar. Y al considerar todo esto, asomándose a través de la niebla, la luz de la lámpara, las sombras de Londres, los dos jóvenes decidieron a favor de Grecia.

—Probablemente —dijo Jacob—, somos los únicos en el mundo que saben lo que quisieron decir los griegos.

Bebieron café en un puesto donde las cafeteras estaban bruñidas y pequeñas lámparas ardían a lo largo del mostrador.

Tomando a Jacob por un joven oficial, el encargado le contó sobre su hijo en Gibraltar, y Jacob maldijo al ejército británico y elogió al duque de Wellington. Y así, siguiendo su camino, bajaron la colina hablando de los griegos.

Cosa extraña... cuando uno se pone a pensar en ello... este amor por los griegos, próspero en tal oscuridad, distorsionado, desanimado, y sin embargo surgiendo, repentinamente, especialmente al dejar cuartos con muchedumbres, o luego de una indigestión de lectura, o cuando la luna flota entre las ondas hechas por las colinas, o en huecos, cetrinos, infructuosos días de Londres, como una medicina específica; una cuchilla limpia; siempre un milagro. Jacob no sabía más griego que el que le servía para tambalear por una pieza de teatro. No sabía nada de historia antigua. Sin embargo, mientras andaba por Londres le parecía que hacían resonar los adoquines en el camino a la Acrópolis, y que si Sócrates los viera se hubiera animado y dicho «mis estimados compañeros», porque todo el sentimiento de Atenas estaba enteramente en su corazón; libre, aventurero, fogoso... Ella lo había tuteado sin pedirle permiso. Se había sentado sobre sus rodillas. Tal como lo hacían todas las buenas mujeres en los días de los griegos.

En ese momento tembló en el aire un lamento trémulo, escalofriante, lúgubre, que parecía carecer de fuerza para revelarse, y que sin embargo continuaba a la rastra; al sonido del cual las puertas en las calles traseras se abrieron hurañas; los trabajadores se ponían pesadamente en ruta.

Florinda vomitaba.

Mrs Durrant, insomne como de costumbre, hizo una marca al lado de ciertas líneas en el *Inferno*.

Clara durmió enterrada en las almohadillas; sobre su tocador, rosas desaliñadas y un par de largos guantes blancos.

Todavía vistiendo su sombrero blanco y cónico de *pierrot*, Florinda vomitaba.

El dormitorio parecía adecuado para estas catástrofes... barato, de color mostaza, medio ático, medio estudio, curiosamente adornado con estrellas de papel de plata, sombreros galeses, y rosarios pendiendo de los mecheros de gas. En cuanto a la historia de Florinda, su nombre le había sido concedido por un pintor que deseaba que este signifique que la flor de su doncellez todavía estaba sin coger. Sea como fuere, ella no tenía un apellido, y por padres tenía solamente la fotografía de una piedra sepulcral debajo de la cual, decía, su padre yacía enterrado. A veces ella insistía sobre las dimensiones de la lápida, y se rumorea que el padre de Florinda había muerto del crecimiento de sus huesos, que nada podía detener; así como su madre gozaba la confianza de un protector real, y ocasionalmente Florinda misma era una princesa, pero principalmente cuando estaba ebria. Así abandonada, bonita para colmo, con ojos trágicos y los labios de un niño, ella hablaba más sobre la virginidad que la mayoría de las mujeres; y la había perdido recién la noche anterior, o la quería más que a la niña de sus ojos, según el hombre al que ella hablaba. ¿Pero hablaba siempre con los hombres? No, ella tenía su confidente: madre Stuart. Stuart, como la dama lo precisaría, es el nombre de una casa real; pero lo que eso significaba, y cuál era su negocio, nadie sabía; solo que esa Mrs Stuart recibía giros postales cada lunes por la mañana, criaba un loro, creía en la transmigración de las almas, y podía leer el futuro en las hojas de té. Como sucio papel pintado de pensión, ella estaba detrás de la castidad de Florinda.

Ahora Florinda lloraba, y pasaba el día vagando por las calles; se detenía en Chelsea y miraba pasar el río; se arrastraba a lo largo de las calles comerciales; abría su bolso y empolvaba sus mejillas en los ómnibus; leía cartas de amor apoyándolas contra el pote de leche en el salón de té A.B.C.; encontraba vidrio en el tazón del azúcar; acusaba a la camarera de desear envenenarla; declaraba que unos jóvenes la miraban fijamente; y se encontraba a sí misma por la tarde lentamente paseando por la calle de Jacob, cuando se dio cuenta que le agradaba este hombre, Jacob, más que los judíos sucios, y sentándose a la mesa (él copiaba su ensayo sobre la ética de la indecencia), retiró sus guantes y le contó cómo la madre Stuart la había golpeado en la cabeza con el cubretetera.

Jacob tomó su palabra que ella era casta. Ella cotorreaba, sentándose al lado del hogar, sobre pintores famosos. La tumba de su padre fue mencionada. Salvaje y frágil y hermosa lucía ella, y así eran las mujeres de los griegos, pensó Jacob; y esto era la vida; y él mismo un hombre y Florinda casta.

Ella se fue con uno de los poemas de Shelley bajo su brazo. Mrs Stuart, ella dijo, hablaba a menudo de él.

Maravillosos son los inocentes. Creer que la muchacha misma trasciende todas las mentiras (porque Jacob no era tan tonto como para tenerle una confianza absoluta), admirar y envidiar esta vida sin ancla... su propia vida parecía consentida e incluso amurallada en comparación... teniendo a mano como soberana medicina específica para todos los desórdenes del alma Adonais y las piezas de teatro de Shakespeare; imaginar una camaradería fogosa por parte de ella, protectora por parte de él, pero igual para ambos, porque las mujeres, pensó Jacob, son exactamente como los hombres... una inocencia como esta es lo suficientemente maravillosa, y quizás no tan absurda después de todo.

Porque cuando Florinda volvió a casa aquella noche lavó primero su cabeza; luego comió chocolates rellenos; y entonces abrió Shelley. Es cierto, se aburría horriblemente. ¿*Sobre* qué diablos trataba esto? Ella tuvo que desafiarse a no comer otro antes de dar vuelta la página. De hecho, ella durmió. Sí, pero su día había sido largo, madre Stuart había lanzado el cubretetera... hay vistas formidables en las calles, y aunque Florinda era ignorante como un asno, y nunca aprendería a leer ni siquiera sus cartas de amor correctamente, ella todavía tenía sus sentimientos, le agradaban algunos hombres más que otros, y estaba enteramente sumida al llamado de la vida. Si ella era o no virgen parecía una cuestión sin importancia. A menos que, de hecho, sea absolutamente lo único que tenga importancia.

Jacob estaba agitado cuando ella lo dejó.

Toda la noche un hormigueo de hombres y mujeres transitaban, en los dos sentidos, los caminos bien conocidos. Aquellos que volvían tarde a casa podían ver sombras contra las persianas incluso en los suburbios más respetables. No había una plaza en la nieve o en la niebla que careciera su pareja de enamorados. Todas las piezas de teatro tornaban alrededor del mismo tema. Las balas atravesaban cabezas en dormitorios de hotel casi cada noche a causa de eso. Cuando el cuerpo escapaba la mutilación, raramente llegaba el corazón al sepulcro sin cicatrices. De poco más se hablaba en los teatros y las novelas populares. Con todo decimos que es una cuestión absolutamente sin importancia.

Entre Shakespeare y *Adonais*, Mozart y obispo Berkeley... uno puede elegir a quién más le guste... el hecho se encubre y las tardes para la mayor parte de nosotros pasa de manera respetable, o solo con la clase de temblor que hace una serpiente deslizándose a través de la hierba. Pero en ese caso el encubrimiento por sí mismo distrae la mente de la lectura y de la escucha. Si Florinda hubiera tenido cabeza, ella podría haber leído con ojos más claros que los nuestros. Ella y su clase han solucionado la cuestión tornándola en una bagatela como lavarse las manos cada noche antes de irse a dormir, la única dificultad siendo si uno prefiere el agua caliente o fría, estando esto decidido, la mente puede seguir con sus asuntos sin temor.

Pero se le ocurrió a Jacob, a mitad de la cena, preguntarse si ella tenía cabeza.

Se sentaron en una pequeña mesa en el restaurante.

Florinda apoyó las puntas de sus codos sobre la mesa y sostuvo su barbilla en el hueco de sus manos. Su capa se había deslizado detrás de ella. En oro y blanco emergía, con perlas brillantes sobre ella, su rostro floreciendo desde su cuerpo, inocente, a penas con color, los ojos mirando francamente alrededor de ella, o posándose lentamente en Jacob y descansando allí. Ella habló:

—¿Sabes de esa gran caja negra que la australiana dejó en mi cuarto hace tanto tiempo?... Pienso que las pieles hacen que una mujer parezca vieja... Ese es Bechstein, el que está entrando... Me preguntaba como eras de niño, Jacob. —Ella mordisqueó su pan y lo miraba.

—Jacob. Tú eres como una de esas estatuas... Pienso que hay cosas encantadoras en el British Museum, ¿no? Muchas cosas encantadoras... —Ella hablaba como en un sueño. El salón se estaba llenando; el calor aumentando. La conversación en un restaurante es el hablar de los sonámbulos deslumbrados, tantas cosas para mirar... tanto ruido... otra gente hablando. ¿Puede uno oír por casualidad? Oh, pero ellos no van a oírnos por casualidad a *nosotros*.

—Ella es como Ellen Nagle... esa muchacha —y así sucesivamente.

—Soy terriblemente feliz desde que te he conocido, Jacob. Tú eres un hombre tan *bueno*.

El salón estaba más y más lleno; la charla más ruidosa; los cuchillos más estrepitosos.

—Bien, tú ves lo que le hace decir cosas así a ella...

Ella se detuvo. Así lo hizo cada uno.

—¡Mañana... domingo... un abominable... tú dices que... vete entonces! —¡Cataplum! Y ella salió con rapidez.

Fue en la mesa próxima a la de ellos que la voz se hacía cada vez más y más aguda. Repentinamente la mujer estrelló los platos por el piso. El hombre fue dejado allí. Todos miraron fijamente. Entonces:

—Bueno, pobre tipo, no debemos mirarlo fijamente. ¡Qué historia! ¿Escuchaste lo que ella dijo? ¡Por Dios, él parece un tonto! No daba la talla, supongo. Toda la mostaza en el mantel. Los camareros se ríen.

Jacob observaba a Florinda. A él le parecía que en el rostro de ella había algo horriblemente descerebrado... mientras ella miraba fijamente.

Salió con rapidez, la mujer negra con la pluma danzando en su sombrero.

Con todo ella tenía que ir a alguna parte. La noche no es un tumultuoso océano negro en el cual uno se hunde o navega como una estrella. De hecho era una noche húmeda de noviembre. Las lámparas del Soho dejaban grasientos puntos de luz sobre el pavimento. Las calles laterales estaban lo suficientemente oscuras como para abrigar hombre o mujer recostándose contra los umbrales. Una pareja se separa al acercarse Jacob y Florinda.

—Se le ha caído un guante —dijo Florinda.

Jacob, avanzando hacia ella, se lo dio.

Ella le agradeció efusivamente; retrocedió sobre sus pasos; dejó caer su guante nuevamente. Pero, ¿por qué?, ¿para quién?

Mientras tanto, ¿a dónde ha ido la otra mujer? ¿Y el hombre?

Las lámparas de la calle no llegan tan lejos como para contarnos. Las voces, enojadas, lujuriosas, desesperadas, apasionadas, eran apenas más que voces de bestias enjauladas en la noche. Solo que no estaban enjauladas, ni eran bestias. Uno detiene a un hombre; le pregunta por el camino a seguir; él se lo dirá; pero uno está atemorizado de preguntarle por el camino. ¿Qué teme uno?... el ojo humano. Inmediatamente el pavimento se hace más angosto, el abismo se profundiza. ¡Allí! Se han perdido... ambos, hombre y mujer. Más aún, abiertamente publicitando su solidez meritoria, una pensión exhibe detrás de ventanas sin cortinas su testimonio sobre las buenas costumbres de Londres. Allí se sientan, a plena luz, vestidos como damas y caballeros, en sillas de bambú. Las viudas de los hombres de negocios demuestran laboriosamente que tienen jueces por padres. Las esposas de los comerciantes de carbón replican inmediatamente que sus padres se desplazaban en carroza. Un criado trae el café, y la cesta del crochet tiene que ser apartada. Y así sucesivamente otra vez al oscuro, cruzando aquí una muchacha que se vende, o allí a una vieja mujer que solo tiene fósforos para ofrecer, pasando a la muchedumbre que sale de la estación del metropolitano, las mujeres con el velo sobre su cabello, y más tarde sin cruzar a nadie sino las puertas cerradas, los postes de puertas tallados, y un policía solitario, Jacob, cogiendo a Florinda del brazo, llega a su cuarto y, encendiendo la lámpara, no dice absolutamente nada.

—No me agradas cuando pones esa cara —dijo Florinda.

El problema es insoluble. El cuerpo es uncido a un cerebro. La belleza va mano a mano con la estupidez. Allí se sentó ella mirando fijamente el fuego tal como había mirado fijamente el pote de mostaza quebrado. A pesar de defender la indecencia, Jacob dudaba si le agradaba cuando esta es cruda. Quería violentamente volver a la sociedad masculina, los cuartos amurallados, y las obras de los clásicos; y estaba listo para responder con cólera a quienquiera que haya dado esta forma a la vida.

Entonces Florinda le puso su mano sobre la rodilla.

Después de todo, no era su culpa. Pero el pensamiento lo entristecía. No son las catástrofes, los asesinatos, las muertes, las enfermedades, que nos envejecen y matan; es la forma en que la gente mira y ríe, y suben corriendo los peldaños de los ómnibus.

Cualquier excusa, sin embargo, sirve a una mujer estúpida. Él le dijo que le dolía la cabeza.

Pero cuando ella lo miró, muda, conjeturando a medias, entendiendo a medias, disculpándose quizás, de todos modos diciendo como él había dicho, «no es mi culpa», erguida y hermosa en cuerpo, su rostro como una almeja dentro de su concha, supo él entonces que los claustros y las obras clásicas no son de uso alguno. El problema es insoluble.

Capítulo siete

Alrededor de esta época una firma de comerciantes que tenían negocios en oriente habían introducido en el mercado pequeñas flores de papel que se abrían al tocar el agua. Como era costumbre también utilizar aguamaniles al terminar la cena, el nuevo descubrimiento proveía una excelente utilidad. En estos lagos protegidos las pequeñas flores coloreadas nadaban y resbalaban; superaban suaves olas resbalosas, y a veces se hundían y yacían como guijarros en el piso de cristal. Sus fortunas eran miradas por ojos atentos y encantadores. Sin dudas es un gran descubrimiento algo que conduce a la unión de los corazones y a la fundación de hogares. Las flores de papel no hacían nada menos que eso.

No debe ser pensado, sin embargo, que estas reemplazaron las flores naturales. Rosas, lirios y claveles, particularmente, miraban sobre los bordes de los jarrones y examinaban las vidas brillantes y las rápidas ruinas de sus pares artificiales. Mr Stuart Ormond hizo esta misma observación; y fue encontrada encantadora; y por la fuerza de este argumento Kitty Craster se casó con él seis meses más tarde. Pero las flores verdaderas no pueden nunca desecharse. Si se pudiera, la vida humana sería un asunto completamente diferente. Porque las flores se marchitan; los crisantemos son los peores; perfectos por la noche; amarillentos y usados la mañana próxima... ineptos para ser vistos. En conjunto, aunque el precio es un pecado, los claveles valen lo que se paga... resta una cuestión, sin embargo, si es sabio atarlos con alambre. Algunas tiendas así lo aconsejan. Es ciertamente la única manera de fijarlos al danzar; pero en cuanto a si son necesarios en cenas de gala, a no ser que los salones sean muy calurosos, es discutible. La vieja Mrs Temple recomendaba una hoja de hiedra, apenas una, en el jarrón. Decía que mantenía el agua pura por días y días. Pero hay cierta razón para pensar que la vieja Mrs Temple se equivocaba.

Las pequeñas tarjetas, sin embargo, con los nombres grabados en ellas, son un problema más serio que las flores. Más piernas de caballos se han desgastado, más vidas de cocheros, más horas apacibles de la tarde han sido prodigadas en vano que servido a ganar la batalla de Waterloo, y para colmo pagar por ello. Estos pequeños demonios son la fuente de tantos aplazamientos, calamidades y ansiedades como la batalla misma. A veces Mrs Bonham acaba de salir; a veces recibe. Pero, aun si las tarjetas fueran reemplazadas, lo que parece inverosímil, hay fuerzas ingobernables que atizan las tormentas, desordenando diligentes mañanas, y desarraigando la estabilidad de la tarde... nombremos las modistas y las confiterías. Seis yardas de seda cubrirán un cuerpo; pero ¿tiene uno que idear seiscientas formas para esto, y dos veces esa cantidad de colores?... en medio de todo lo cual está la cuestión urgente del pudín con penachos de crema verde y almenas de pasta de almendras. Todavía no ha llegado.

Las horas, flamencos rosados, aleteaban suavemente a través del cielo. Pero a intervalos regulares sumergían sus alas en el negro más completo; Notting Hill, por ejemplo, o los alrededores de Clerkenwell. No hay de qué asombrarse si el italiano seguía siendo un arte oculto, y el piano toca siempre la misma sonata. Para comprar un par de medias de elástico para Mrs Page, viuda, sesenta y tres años, recibiendo una ayuda para indigentes de cinco chelines, y la ayuda de su hijo único empleado en la tintorería de Messrs Mackie, sufriendo en invierno de su pecho, cartas deben ser escritas, columnas llenadas con la misma escritura redonda, simple, que escribió en el diario de Mr Letts que el tiempo estaba bien, los niños hechos unos demonios, y Jacob Flanders ajeno al mundo. Clara Durrant procuró las medias, tocó la sonata, llenó los jarrones, trajo el pudín, dejó las tarjetas, y cuando la gran invención de las flores de papel nadando en los aguamaniles fue descubierta, fue una de las que más se asombraba de sus breves vidas.

Tampoco faltaban poetas para celebrar el tema. Edwin Mallett, por ejemplo, escribió un poema terminando con los versos:

Y leyó su ruina en los ojos de Chloe,

lo que hizo a Clara ruborizarse en la primera lectura, y reír en la segunda, diciendo que era muy propio de él llamarla Chloe cuando su nombre era Clara. ¡Un joven ridículo! Pero cuando, entre las diez y las once de una mañana lluviosa, Edwin Mallett puso la vida a sus pies ella corrió fuera del salón y se escondió en su dormitorio, y Timothy, debajo, no pudo concentrarse en su trabajo durante toda la mañana a causa de sus sollozos.

—Esto es lo que sucede cuando uno se divierte —dijo Mrs Durrant seriamente, examinando el carné de danza marcado completamente con las mismas iniciales, o esta vez eran diferentes... R.B. en vez de E.M.; Richard Bonamy esta vez, el joven con la nariz *à la* Wellington.

—Pero yo no podría casarme nunca con un hombre con una nariz como esa —dijo Clara.

—Pamplinas —dijo Mrs Durrant.

«Pero soy demasiada severa», pensó para sí misma. Porque Clara, perdiendo todo su ánimo, rasgó su carné de danza y lo lanzó a la chimenea.

Tales eran las serias consecuencias de la invención de flores de papel que nadaban en los aguamaniles.

—Por favor —dijo Julia Eliot, instalándose en su lugar cerca de la cortina, frente a la puerta—, no me presente. Solo quiero mirar. Es lo más divertido —y así continuó, dirigiéndose a Mr Salvin, que, debido a su cojera, estaba acomodando su silla—, lo divertido en una fiesta es observar a la gente... yendo y viniendo, yendo y viniendo.

—La última vez que nos vimos —dijo Mr Salvin—, fue en lo de los Farquhar. ¡Pobre mujer! Tiene que soportar tanto.

—¿No luce encantadora? —exclamó Miss Eliot, mientras Clara Durrant pasaba delante de ellos.

—¿Y cuál de ellos...? —preguntó Mr Salvin, dejando caer su voz y hablando con un tono burlón.

—Hay tantos... —replicó Miss Eliot. Había tres jóvenes parados en el umbral buscando su anfitriona con la mirada.

—Usted no recuerda a Elizabeth como yo —dijo Mr Salvin—, bailando danzas escocesas en Banchorie. Clara carece del espíritu de su madre. Clara es un poco insulsa.

—¡Qué gente tan diversa uno ve aquí! —dijo Miss Eliot.

—Afortunadamente nosotros no estamos gobernados por periódicos vespertinos —dijo Mr Salvin.

—Nunca los leí —dijo Miss Eliot—. No sé nada sobre política —agregó.

—El piano está afinado —dijo Clara al pasar—, pero tenemos que pedir a alguien que lo acomode para nosotros.

—¿Van a bailar? —preguntó Mr Salvin.

—Nadie los molestará —dijo Mrs Durrant en tono perentorio al pasar.

—Julia Eliot. ¡*Es* Julia Eliot! —dijo la vieja Lady Hibbert, sosteniendo sus brazos abiertos—. Y Mr Salvin. ¿Qué va a sucedernos, Mr Salvin? Con toda mi experiencia en política inglesa... mi estimado, pensaba en su padre ayer por la noche... uno de mis más viejos amigos, Mr Salvin. ¡Nunca me diga que las jovencitas son a menudo incapaces de amar! ¡Yo sabía todo Shakespeare de memoria antes de ser adolescente, Mr Salvin!

—¡Bueno, vamos! —dijo Mr Salvin.

—¡Pero es cierto! —dijo Lady Hibbert.

—Oh, Mr Salvin, lo siento tanto...

—Me iré de aquí si usted me ayuda amablemente —dijo Mr Salvin.

—Usted debería sentarse al lado de mi madre —dijo Clara—. Parece que todo el mundo viene aquí... Mr Calthorp, déjeme presentarle a Miss Edwards.

—¿Se va de viaje para Navidad? —dijo Mr Calthorp.

—Si mi hermano consigue la venia —dijo Miss Edwards.

—¿En qué regimiento está? —dijo Mr Calthorp.

—El Vigésimo de Húsares —dijo Miss Edwards.

—¿Conoce él tal vez a mi hermano? —dijo Mr Calthorp.

—Temo que no he comprendido bien su nombre —dijo Miss Edwards.

—Calthorp —dijo Mr Calthorp.

—¿Pero qué prueba había confirmando que el matrimonio se había realmente realizado? —dijo Mr Crosby.

—No hay razón para dudar que Charles James Fox... —comenzó Mr Burley; pero aquí Mrs Stretton le contó que conocía bien a su hermana; que hacía menos de seis semanas que se había alojado en su casa; y pensaba que la casa era encantadora, pero triste en invierno.

—Yendo por ahí como lo hacen las jovencitas hoy en día... —dijo Mrs Forster.

Mr Bowley miró a su alrededor, y viendo a Rose Shaw se dirigió hacia ella, extendió las manos, y exclamó: —¡Bueno!

—¡Nada! —contestó ella—. Absolutamente nada... sin embargo los dejé solos toda la tarde a propósito.

—Dios mío, Dios mío —dijo Mr Bowley—. Voy a invitar a Jimmy a desayunar.

—¿Pero quién podría resistirla? —exclamó Rose Shaw—. Querida Clara... sabemos que no debemos tratar de detenerte...

—Ya sé que Mr Bowley y usted están diciendo terribles chismes —dijo Clara.

—¡La vida es retorcida... la vida es detestable! —exclamó Rose Shaw.

—No hay mucho que decir sobre este tipo de cosas, ¿no es cierto? —dijo Timothy Durrant a Jacob.

—A las mujeres les gusta.

—¿Qué es lo que les gusta? —dijo Charlotte Wilding, llegándose a ellos.

—¿De dónde has salido? —dijo Timothy—. Cenando en alguna parte, supongo.

—No veo porqué no —dijo Charlotte.

—Hay que descender al salón —dijo Clara al pasar—. Toma a Charlotte, Timothy. ¿Cómo está usted, Mr. Flanders?

—¿Cómo está usted, Mr. Flanders? —dijo Julia Eliot, tomando su mano. ¿Cómo va su vida?

—*¿Quién es Silvia? ¿Cómo es ella,*
Que todos los prados la elogian?

—cantó Elsbeth Siddons.

Cada uno se detuvo donde estaba, o se sentó si había una silla vacía.

—Ah —suspiró Clara, que estaba parada junto a Jacob, a medio camino.

—*Cantemos entonces para Silvia, Porque Silvia sobresale; / Por encima de todo ser mortal que mora sobre la tierra. / Llevémosle las guirnaldas.*—cantó Elsbeth Siddons.

—¡Ah! —exclamó Clara y aplaudió con sus manos enguantadas; y Jacob aplaudió con sus manos desnudas; y entonces ella se adelantó y le dijo a la gente en el umbral que pase.

—¿Vive usted en Londres? —preguntó Julia Eliot.

—Sí —dijo Jacob.

—¿En un apartamento de alquiler?

—Sí.

—Allí está Mr Clutterbuck. Uno siempre ve a Mr Clutterbuck por aquí. Me temo que él no es muy feliz en su casa. Dicen que Mrs Clutterbuck... —ella bajó la voz—. Esa es la razón por la cual se hospeda con los Durrant. ¿Estaba usted cuando representaron la pieza de Mr Wortley? Oh, no, por supuesto que no... a último momento, no sé si usted se enteró... usted tuvo que ir a reunirse con su madre, ahora que recuerdo, en Harrogate... a último momento, como decía, cuando todo estaba listo, habían acabado de confeccionar las ropas y todo... Ahora Elsbeth va a cantar de nuevo. Clara está tocando el acompañamiento o dando vuelta las páginas de la partitura para Mr Carter, creo. No, Mr Carter está tocando solo... Ese es *Bach* —susurró ella, cuando Mr Carter tocó los primeros compases.

—¿Ama usted la música? —dijo Mrs Durrant.

—Sí. Me agrada escucharla —dijo Jacob—. Pero no sé nada sobre ella.

—Hay poca gente así —dijo Mrs Durrant—. Tal vez nunca le enseñaron. ¿Por qué es así, Sir Jasper?... Sir Jasper Bigham... Mr Flanders. ¿Por qué es que nadie enseña nada de lo que tiene que ser enseñado,

Sir Jasper? —Ella los dejó parados contra la pared.

Ninguno de los caballeros dijo nada por tres minutos, aunque Jacob se desplazó cinco pulgadas a la izquierda, y luego la misma distancia a la derecha. Entonces Jacob gruñió, y cruzó repentinamente la sala.

—¿Quiere venir y comer algo? —dijo él a Clara Durrant.

—Sí, un helado. Rápido. Ahora —dijo ella.

Fueron hacia abajo.

Pero a mitad de camino se encontraron con Mr y Mrs Gresham, Herbert Turner, Sylvia Rashleigh, y un amigo, que se atrevieron a traer, de América: —sabiendo que Mrs Durrant... quería mostrar a Mr Pilcher... Mr Pilcher de New York... He aquí Miss Durrant.

—De quién he escuchado tanto hablar —dijo Mr Pilcher, haciendo una profunda reverencia.

Y así lo dejó Clara.

Capítulo ocho

Alrededor de las nueve y media Jacob deja la casa, su puerta cerrándose de golpe, otras puertas cerrándose de golpe, comprando él su periódico, montando su ómnibus, o, si el tiempo lo permite, haciendo su camino a pie como otra gente lo hace. La cabeza encorvada, un escritorio, un teléfono, libros encuadernados en cuero verde, luz eléctrica... «¿Más carbón, sir?»... «Su té, sir»... Conversaciones sobre fútbol, los Hotspurs, los Harlequins; la *Star* de las seis y media traída por el cadete; los grajos del Gray's Inn pasando por encima; ramas en la niebla, pequeñas y frágiles; y con el rugido del tráfico ocasionalmente una voz gritando: «Veredicto... veredicto... ganador... ganador», mientras las cartas se acumulan en una cesta, Jacob las firma, y cada tarde lo encuentra, cuando toma su sobretodo, con un nervio de su cerebro nuevamente extendido.

Y luego, a veces una partida de ajedrez; o cuadros en Bond Street, o una larga caminata a casa para tomar aire tomado del brazo con Bonamy, caminando meditativos, la cabeza hacia atrás, el mundo un espectáculo, la luna temprana sobre los campanarios saliendo en busca de alabanza, las gaviotas volando alto, Nelson en su columna examinando el horizonte, y el mundo nuestra nave.

Mientras tanto, la carta de la pobre Betty Flanders, habiendo sido repartida con la segunda partida del correo, descansaba sobre la mesa del salón... pobre Betty Flanders, escribiendo el nombre de su hijo, Jacob Alan Flanders, Esq., como lo hacen las madres, y la tinta pálida, profusa, sugiriendo la manera en que las madres allá en Scarborough garabatean junto al fuego, con sus pies en el guardafuego, luego que han retirado la vajilla del té, y nunca puede, nunca dice, cualquier cosa que haya que decir... probablemente esto... no estés con las mujeres de mala vida, sé un buen muchacho; usa las camisas gruesas; y vuelve, vuelve, vuelve a mí.

Pero ella no dijo nada por el estilo. «¿Recuerdas a la vieja Miss Wargrave, que fue tan buena cuando tuviste la tos ferina?...», escribió ella; «ha muerto al fin, la pobre. Ellos apreciarían si les escribes. Ellen pasó por aquí y tuvimos un buen día de compras. El viejo Mouse está todo anquilosado y hay que ayudarlo a subir la más pequeña colina. Rebecca, al final, después de no sé cuánto tiempo, fue a consultar a Mr Adamson. Hay que extraerle tres dientes, dijo él. Un tiempo tan templado para esta época del año, se ven pequeños brotes en los perales. Y Mrs Jarvis me dice...». A Mrs Flanders le agradaba Mrs Jarvis, siempre decía que ella era demasiado buena para un lugar tan tranquilo como ese, y, aunque ella nunca escuchaba su descontento y al final le decía (mirando para arriba, chupando el hilo, o sacando sus gafas) que una poca turba alrededor de las raíces de los lirios los preserva de la helada, y que la gran venta de saldos de blanco en Parrot's es el martes próximo, «no se olvide»... Mrs Flanders sabía exactamente cómo se sentía Mrs Jarvis; y sus cartas eran tan interesantes, sobre Mrs Jarvis, si uno pudiera leerlas año tras año... los trabajos inéditos de las mujeres, escritos al lado de la chimenea con anémica profusión, secadas al calor de las llamas, porque el papel secante se gastó y tenía agujeros y la pluma ya está agrietada y atascada. Luego sobre el capitán Barfoot. Ella lo llamaba «el capitán», hablaba francamente sobre él, pero nunca sin cierta reserva. El capitán estaba averiguando acerca del terreno de Garfit para ella; aconsejaba pollos; podía garantizar que produciría ganancia; o tenía ciática; o que Mrs Barfoot había estado dentro de la casa por semanas; o el capitán decía que las cosas se veían mal, en política es decir, porque como Jacob sabía, el capitán hablaría a veces, al caer la tarde, sobre Irlanda o India; y entonces Mrs Flanders comenzaría a lamentarse pensando en Morty, su hermano, perdido todos estos años... ¿lo capturaron los nativos, se hundió su barco... le contarían a ella en el Almirantazgo?... el capitán golpeando su pipa, como Jacob sabía, levantándose para irse, agachándose con dificultad para alcanzar el ovillo de lana, que había rodado debajo de la silla, a Mrs Flanders. La charla sobre la granja de pollos volvía y volvía, las mujeres, incluso a los cincuenta, impulsivas en el corazón, esbozando en las brumas del futuro las parvadas de Leghorns, Cochinchinas, Orpingtons; como a Jacob, en el contorno de la silueta; pero tan robusta como él; fresca y vigorosa, manteniendo la casa, regañando a Rebecca.

La carta descansaba sobre la mesa del vestíbulo; Florinda vino esa noche y la tomó con ella, la puso sobre la mesa mientras besaba a Jacob, y Jacob, viendo la escritura, la puso bajo la lámpara, entre la lata de galletas y la caja del tabaco. Cerraron la puerta del dormitorio detrás de ellos.

La sala de estar ni lo supo ni se preocupó. La puerta fue cerrada; y suponer que la madera, cuando cruje, comunica algo excepto que las ratas están ocupadas y la madera está seca es pueril. Estas viejas casas son solamente ladrillo y madera, empapadas en sudor humano, lijadas con suciedad humana. Pero si el sobre azul claro descansando al lado de la caja de galletas tuviera los sentimientos de una madre, el corazón se rasgaría por los pequeños crujidos, el súbito revuelo. Detrás de la puerta estaba la cosa obscena, la presencia alarmante, y el terror vendría encima de ella como la muerte, o el parto de un niño. Es mejor, quizás, irrumpir y hacerle frente que quedarse sentada en la antecámara escuchando el pequeño crujido, el súbito revuelo, porque tenía el corazón pesado, y el dolor la taladraba. Mi hijo, mi hijo... tal sería su grito, pronunciado para ocultar la visión de él acostado con Florinda, imperdonable, irracional, para una mujer con tres niños viviendo en Scarborough. Y la falta yace en Florinda. De hecho, cuando la puerta se abrió y la pareja salió, Mrs Flanders se hubiera abalanzado sobre ella... solo que era Jacob el que salió primero, en su bata, afable, con autoridad, maravillosamente sano, como un bebé después de tomar aire, los ojos claros como agua corriente. Florinda le siguió, estirándose perezosamente; bostezando un poco; arreglando su cabello en el espejo... mientras Jacob leía la carta de su madre.

Consideremos las cartas... cómo llegan a la hora del desayuno, y por la noche, con sus estampillas amarillas y sus estampillas verdes, inmortalizadas por los matasellos... porque ver su propio sobre en la mesa de otra persona es darse cuenta qué tan rápido nuestros hechos se separan de nosotros y se hacen extraños. Entonces, al final, el poder de la mente para dejar el cuerpo se hace manifiesto, y tal vez tememos u odiamos o deseamos aniquilado este fantasma de nosotros mismos, descansando sobre la mesa. No obstante, hay cartas que dicen simplemente que la cena es a las siete; otras ordenando carbón; concertando citas. La caligrafía en ellas es apenas perceptible, mucho menos la voz o el ceño fruncido. Ah, pero cuando golpean a la puerta por el correo y la carta llega siempre, el milagro parece repetirse... el intento de un discurso. Venerables son las cartas, infinitamente valientes, desesperadas, y perdidas.

La vida se haría añicos sin ellas. «Venga a tomar el té, venga a cenar, ¿cuál es la verdad de la historia? ¿Ha oído las noticias? La vida en la capital es alegre; los bailarines rusos...». Son ellas las que nos sostienen y nos mantienen. Ellas enlazan nuestros días y hacen de la vida una esfera perfecta. Y sin embargo, y sin embargo ... cuando vamos a cenar, cuando presionamos las yemas de los dedos esperando que nos veamos pronto en alguna parte, una duda se insinúa; ¿es esta la forma de pasar nuestros días? ¿Los días raros, limitados, repartidos tan pronto a nosotros... tomando el té? ¿Cenando fuera? Y las notas se acumulan. Y los teléfonos suenan. Y por todas partes que vamos cables y tubos nos rodean para llevar las voces que intentan penetrar antes de que se reparta la última carta y los días se acaben. «Intentan penetrar», porque cuando levantamos la taza, damos la mano, expresamos esperanza, algo susurra: ¿Eso es todo? ¿Puedo saber alguna vez, compartir, estar seguro? ¿Estoy condenado todos mis días a escribir cartas, a enviar voces, que caen bajo la mesa del té, se desvanecen al pasar, a concertar citas, mientras la vida merma, a venir y a cenar? Con todo las cartas son venerables; y el teléfono valiente, porque el viaje es solitario, y si amarrados juntos por las notas y los teléfonos vamos en compañía, tal vez... ¿quién sabe?... podemos hablar al hacernos camino.

Bueno, la gente lo ha intentado. Byron escribió cartas. Y así también lo hizo Cowper. Durante siglos el escritorio ha contenido hojas concebidas precisamente para las comunicaciones entre amigos. Maestros del lenguaje, poetas de tiempos antiguos, se han tornado de la hoja que sobrevive a la hoja que perece, haciendo a un lado la bandeja del té, acercándose al fuego (porque las cartas de escriben cuando la oscuridad circunda una caverna de rojo brillante) y se consagran a la tarea de alcanzar, tocar, penetrar el corazón individual. ¡Si tan solo fuera posible! Pero las palabras se han usado demasiado a menudo; tocado y retornado, y se las ha expuesto al polvo de la calle. Las palabras que buscamos cuelgan cerca del árbol. Venimos al amanecer y las encontramos dulces bajo las hojas.

Mrs Flanders escribía cartas; Mrs Jarvis las escribía; Mrs Durrant también; la madre Stuart, de hecho, perfumaba sus páginas, añadiendo por lo tanto una fragancia que el lenguaje inglés no puede proveer; Jacob escribió en su momento largas cartas sobre arte, moral y política a jóvenes en la universidad. Las cartas de Clara Durrant eran las de una niña. Florinda... la barrera entre Florinda y su pluma era algo infranqueable. Imagine una mariposa, un mosquito u otro insecto alado, sujeto a una ramita que, obstruida con lodo, rueda alrededor de una página. Su ortografía era abominable. Sus sentimientos infantiles. Y por alguna razón cuando escribía declaraba su creencia en Dios. Luego estaban las tachaduras... las manchas de lágrimas; y la mano misma deambulando, redimida solo por el hecho... que siempre redimió a Florinda... por el hecho que le importaba. Sí, aunque fuera sobre chocolates rellenos, baños calientes, la forma de su cara en el espejo, Florinda no podía fingir un sentimiento tanto como beber whisky. Su rechazo era incontinente. Los grandes hombres son honrados, y estas pequeñas prostitutas, mirando fijamente al fuego, tomando un aplicador de polvo, decorando sus labios en un espejo de bolsillo, tienen (así pensaba Jacob) una fidelidad inviolable.

Entonces la vio doblando por Greek Street tomada del brazo de otro hombre.

La luz desde la lámpara de arco lo inundaba de la cabeza a los pies. Estuvo parado, sin moverse por un minuto, debajo de ella. Las sombras cuadricularon la calle. Otras figuras, solas o en pareja, desbordaron y atravesaron en desorden, y obliteraron a Florinda y el hombre.

La luz inundaba a Jacob de la cabeza a los pies. Uno podría ver el patrón de sus pantalones; las nudos en la madera de su bastón; los cordones de sus zapatos; las manos desnudas; y el rostro.

Era como si una piedra estuviera siendo reducida a polvo; como si chispas blancas volaran de una piedra de afilar lívida, que era su espina dorsal; como si el tren de las montañas rusas, habiéndose precipitado a las profundidades, cayera, cayera, cayera. Esto se veía en su rostro.

Ahora bien, que sepamos lo que estaba en su mente es otra cuestión. Considerando diez años mayor que él y una diferencia de sexo, el miedo por él nos viene primero; todo esto se sobrepasa con un deseo por ayudar... triunfante de sentido, razón, y la hora de la noche; la cólera le seguiría de cerca... contra Florinda, contra el destino; y entonces burbujearía un optimismo irresponsable. «¡Seguramente hay bastante luz en la calle en este momento como para ahogar todos nuestros cuidados en oro!». Ah, ¿de qué sirve decir esto? Incluso mientras uno habla y mira sobre el hombro hacia Shaftesbury Avenue, el destino está dejando una marca en él. Ha dado una vuelta para irse. En cuanto a seguirlo de nuevo a su cuarto, no... eso no lo haremos.

Y sin embargo, precisamente, eso es lo que uno hace. Él se abrió paso y cerró la puerta, aunque recién daban las diez en uno de los relojes de la ciudad. Nadie puede irse a la cama a las diez. Nadie estaba pensando en irse a la cama. Era enero y lúgubre, pero Mrs Wagg estaba parada en su umbral, como si esperara que algo sucediera. Un organillo sonaba como un ruiseñor obsceno debajo de las hojas mojadas. Los niños corrían a través de la calle. Aquí y allá uno podía ver el revestimiento de madera marrón dentro de la puerta del salón... La marcha de la mente bajo las ventanas de los otros es bastante estraña. Ora distraída por el revestimiento de madera marrón; ora por un helecho en un pote; aquí improvisando algunas frases para danzar con el organillo; robando nuevamente una alegría distante de hombre borracho; luego totalmente absorbida por las palabras que los pobres se gritaban a través de la calle uno al otro (tan descaradamente, tan vigorosamente)... con todo teniendo continuamente por centro, por imán, a un hombre joven, solo en su cuarto.

—¡La vida es retorcida... la vida es detestable! —exclamó Rose Shaw.

Lo extraño acerca de la vida es que aunque su naturaleza debe haber sido evidente para cada uno por centenares de años, nadie ha dejado una explicación adecuada de ella. Las calles de Londres tienen su mapa; pero nuestras pasiones están inexploradas. ¿Con qué se encontrará uno si da vuelta a esta esquina?

«Holborn, todo derecho delante suyo», dice el policía. Ah, pero hacia dónde va usted si en vez de rozar al pasar al viejo hombre con la barba blanca, la medalla de plata y el violín barato, lo deja continuar con el relato de su historia, que termina en una invitación para ir a alguna parte, a su cuarto, probablemente, al lado de Queen's Square, y allí le muestra una colección de huevos de pájaro y una carta del secretario del Príncipe de Gales, y esto (saltando las etapas intermedias) lo lleva un día de invierno a la costa de Essex, donde el pequeño barco se dirige hacia la nave, y la nave zarpa y uno contempla las Azores en el horizonte; y los flamencos alzan vuelo; y allí se sienta a la orilla de la marisma bebiendo ponche al ron, un paria de la civilización, porque uno ha cometido un crimen, está probablemente infectado de fiebre amarilla, y... complete el bosquejo a su gusto. Tan frecuentes como las esquinas en Holborn son estos abismos en la continuidad de nuestras vías. Con todo, seguimos derecho.

Rose Shaw, hablando más bien emotivamente con Mr Bowley en la velada en lo de Mrs Durrant unas noches atrás, dijo que la vida es retorcida porque un hombre llamado Jimmy rehusó el casamiento con una mujer llamada (si la memoria no falla) Helen Aitken.

Ambos eran hermosos. Ambos estaban inertes. La mesa de té oval los separó invariablemente, y la bandeja con las galletas era todo lo que él siempre le dio. Él hizo una reverencia; ella inclinó su cabeza. Danzaron. Él danzaba divinamente. Se sentaron en la portería; nunca se dijo una palabra. La almohada de ella mojada por las lágrimas. El amable Mr Bowley y la querida Rose Shaw se maravillaron y deploraron. Bowley se alojaba en el Albany. Rose renacía cada tarde precisamente cuando el reloj daba las ocho. Los cuatro eran triunfos de la civilización, y si uno persiste en la afirmación que el dominio de la lengua inglesa es parte de nuestra herencia, uno puede solamente responder que la belleza es casi siempre muda. La belleza masculina en asociación con la belleza femenina cría en el espectador un sentimiento de miedo. A menudo yo los he visto, a Helen y a Jimmy, y comparado con las naves a la deriva, y temido por mi propio pequeño barco. O, aun, ¿ha visto usted los finos perros collies recostándose a veinte yardas de distancia uno del otro? Cuando ella le pasaba su taza a él había ese estrecimiento en sus flancos. Bowley vio lo que sucedía... invitó a Jimmy a desayunar. Helen debe haber hecho la confidencia a Rose. Por mi parte, encuentro excesivamente difícil interpretar las canciones sin palabras. Y ahora Jimmy alimenta cuervos en Flandes y Helen visita hospitales. Oh, la vida es condenable, la vida es retorcida, como Rose Shaw dijo.

Las lámparas de Londres mantienen la oscuridad como si esta se sostuviera sobre las puntas de bayonetas ardientes. El dosel amarillo se hunde y se hincha sobre los cuatro grandes pilares. Los pasajeros en los coches del correo entrando a Londres en el siglo dieciocho miraban a través de las ramas deshojadas y lo veían fulgurante tras ellos. La luz ardía detrás de las persianas amarillas y las persianas rosadas, y sobre montantes de abanico, y abajo en las ventanas del sótano. El mercado callejero en Soho es intenso bajo la luz. Carne cruda, tazas de porcelana, y medias de seda resplandecen en él. Las voces ásperas se envuelven alrededor de las llamas de gas. Messrs Kettle y Wilkinson con las manos en la cintura, parados sobre la acera vociferando; sus esposas sentadas en la tienda, las pieles envolviendo sus cuellos, los brazos doblados, los ojos despectivos. Rostros tal y como uno los ve. El pequeño hombre tocando la carne debe haberse acuclillado frente al fuego en innumerables pensiones, y haber oído y visto y sabido tantas cosas que parecen decirse incluso locuazmente desde los ojos oscuros, los labios flojos, mientras toca la carne silenciosamente, su rostro triste como el de un poeta, y nunca una canción cantada. Las mujeres en chales llevan bebés con los párpados púrpuras; jovencitos parados en las esquinas de la calle; las jovencitas mirando del otro lado de la calle... ilustraciones groseras, imágenes en un libro cuyas páginas damos vuelta una y otra vez como si debiéramos al final encontrar lo que estamos buscando. Cada rostro, cada tienda, ventana de dormitorio, bar y plaza oscura es una imagen febrilmente dada vuelta... ¿en busca de qué? Es igual con los libros. ¿Qué buscamos a través de millones de páginas? Todavía esperanzados dando vuelta a las páginas... oh, aquí está el cuarto de Jacob.

Él estaba sentado a la mesa leyendo el *Globe*. La hoja rosácea estaba extendida, lisa frente a él. Él apoyó su cara en su mano, de modo que la piel de su mejilla estaba arrugada en profundos pliegues. Parecía terriblemente severo, decidido, y desafiante. (¡Lo que la gente padece en media hora! Pero nada podía salvarlo. Estos acontecimientos son características de nuestro paisaje. Un extranjero que venía a Londres apenas podría perderse una visita a St Paul). Él juzgaba la vida. Estos periódicos rosáceos y verdosos son finas hojas de gelatina presionadas cada noche sobre el cerebro y el corazón del mundo. Toman la impresión del conjunto. Jacob echó un ojo sobre él. Una huelga, un asesinato, fútbol, cuerpos encontrados; vociferaciones de todas las partes de Inglaterra simultáneamente. ¡Qué desgracia que el periódico el *Globe* no ofrezca nada mejor a Jacob Flanders! Cuando un niño comienza a leer historia uno se maravilla, con tristeza, al oírlo pronunciar en su voz nueva las palabras antiguas.

El discurso del primer ministro estaba relatado en unas cinco columnas. Palpando en su bolsillo, Jacob sacó su pipa y procedió a llenarla. Cinco minutos, diez minutos, quince minutos pasaron. Jacob se acercó con el diario al fuego. El primer ministro proponía una medida para conceder la Home Rule a Irlanda. Jacob golpeó su pipa para vaciarla. Reflexionaba seriamente acerca de la Home Rule en Irlanda... una cuestión muy difícil. Una noche muy fría.

La nieve, que había estado cayendo toda la noche, yacía a las tres de la tarde sobre los campos y la colina. Matas de hierba marchita se alzaban sobre la cumbre de la colina; los tojos estaban negros, y de vez en cuando un tiriteo negro cruzaba la nieve cuando el viento traía ráfagas de partículas congeladas sobre ella. El sonido era el de una escoba barriendo... barriendo.

El arroyuelo se arrastraba por el camino, sin que nadie lo vea. Palos y hojas atrapados en la hierba congelada. El cielo era de un gris huraño y los árboles de un hierro negro. La severidad del campo era inflexible. A las cuatro la nieve caía nuevamente. El día se había extinguido.

Una ventana teñida de amarillo, de unos dos pies de ancho, combatía solitaria los campos blancos y los árboles negros... A las seis la figura de un hombre llevando una linterna cruzó el campo... Una balsa de ramas permanecía sobre una piedra, se separó repentinamente y flotó hacia la alcantarilla... Una carga de nieve se deslizó y cayó desde una rama de abeto... Más tarde hubo un grito lúgubre.... Un automóvil vino a lo largo del camino empujando la oscuridad delante de él... La oscuridad se cerró detrás de él...

Espacios de completa inmovilidad separaban cada uno de estos movimientos. La tierra parecía yacer muerta... Entonces el viejo pastor volvió con su paso tieso a través del campo. Tiesa y dolorosa la tierra congelada fue hollada por debajo y cedía bajo la presión como una calandria. Las voces gastadas de los relojes repitieron la realidad de la hora a lo largo de toda la noche.

Jacob, también, los oyó y rastrilló las brasas dispersando el fuego. Se levantó. Se estiró. Se fue a la cama.

Capítulo nueve

La condesa de Rocksbier se sentó a la cabecera de la mesa, sola con Jacob. Alimentada con champán y especias durante por lo menos dos siglos (cuatro, si uno cuenta la línea femenina), la condesa Lucy parecía bien alimentada. Ella tenía una nariz discriminatoria para los olores, prolongada, como si fuera en busca de ellos; su labio inferior hacía sobresalir una estrecha cornisa roja; sus ojos eran pequeños, con penachos arenosos por cejas, y su carrillo era pesado. Detrás de ella (la ventana daba a Grosvenor Square) estaban paradas Moll Pratt en la acera, ofreciendo violetas para la venta, y Mrs Hilda Thomas, levantando su falda, preparándose para cruzar la calle. Una era de Walworth; la otra de Putney. Ambas vestían medias negras, pero Mrs Thomas estaba enrollada en pieles. La comparación favorecía a Lady Rocksbier. Moll tenía más humor, pero era violenta; estúpida también. Hilda Thomas era evasiva, todos sus marcos de plata ladeados; hueveras en el salón; y las ventanas cubiertas. Lady Rocksbier, cualesquiera sean las deficiencias de su perfil, había sido un gran jinete en la caza del zorro. Utilizaba su cuchillo con autoridad, arrancaba los huesos a su pollo, pidiendo perdón a Jacob, con sus propias manos.

—¿Quién está pasando allí? —preguntó ella a Boxall, el mayordomo.

—El carruaje de Lady Firtlemere, milady —...lo que le recordó enviar una tarjeta para preguntar por la salud de Lord Firtlemere. Una vieja señora grosera, pensó Jacob. El vino era excelente. Ella se llamaba a sí misma «una vieja mujer»...—: Tan gentil almorzar con una vieja mujer —...lo que le aduló. Ella habló de Joseph Chamberlain, a quien ella había conocido. Dijo que Jacob debía venir y conocer... una de nuestras celebridades. Y Lady Alice entró con tres perros en una correa, y Jackie, que corrió para besar a su abuela, mientras Boxall traía un telegrama, y Jacob recibía un buen cigarro.

Momentos antes de saltar, un caballo comienza a frenar, camina de lado, vuelve a tomar el control, va hacia arriba como una onda monstruosa, y se echa abajo para el otro lado. Setos y cielo se precipitan en un semicírculo. Entonces como si el cuerpo de uno operara en el cuerpo del caballo y fueran sus propias patas delanteras crecidas con las de él las que saltan, uno arremete a través del aire, la tierra resistiendo, cuerpos una masa de músculos, con todo uno también tiene control, calma vertical, los ojos juzgando con precisión. Entonces las curvas cesan, convirtiéndose directamente en golpes de martillo, que sacuden; y uno se detiene con una sacudida; sentándose un poco detrás, rodeado de efervescencia, de cosquilleo, glaseado con hielo sobre las arterias batientes, jadeando: «¡Ah! ¡Ho! ¡Ha!», el vapor subiendo de los caballos dándose empujones en las intersecciones, donde está el poste indicador, y la mujer en delantal está parada y mira fijamente hacia el umbral. El hombre se yergue de entre las coles para mirar fijamente también.

Así galopaba Jacob sobre los campos de Essex, dejándose caer en el fango, perdiendo la caza, y continuando solo a caballo comiendo sándwiches, mirando sobre los setos, notando los colores como si recién los decaparan, maldiciendo su suerte.

Tomó el té en el mesón; y allí estaban todos, dándose palmadas, zapateando, diciendo: «después de usted», entrecortados, bruscos, jocosos, rojos como las barbas de los pavos, expresándose libremente hasta que Mrs Horsefield y su amiga Miss Dudding aparecieron en el umbral con sus faldas arremangadas, y el pelo serpenteando. Entonces Tom Dudding llamó suavemente en la ventana con su látigo. Un automóvil zumbaba en el patio. Los caballeros, buscando sus fósforos, se trasladaron fuera, y Jacob entró al bar con Brandy Jones para fumar con los campesinos. Estaba el viejo Jevons, con un ojo menos, y sus ropas color fango, su bolso sobre su espalda, y su cerebro sepultado bajo la tierra entre las raíces de violetas y las raíces de ortiga; Mary Sanders con su caja de madera; y Tom, a quién habían enviado por cerveza, el hijo imbécil del sacristán... todo esto a treinta millas de Londres.

Mrs Papworth, de Endell Street, Covent Garden, limpiaba la casa de Mr Bonamy en New Square, Lincoln's Inn, y mientras ella lavaba las cosas de la cena en la trascocina oyó a los jóvenes caballeros hablando en el cuarto de al lado. Mr Sanders estaba allí nuevamente; Flanders, quería decir ella; y cuando una vieja mujer inquisitiva se equivoca con un nombre, ¿qué posibilidades hay que ella reporte fielmente una discusión? Mientras sostenía los platos bajo el agua y luego se ocupaba de ellos en la pila detrás del gas sibilante, ella escuchaba, oyó a Sanders hablando fuerte en un tono más bien autoritario: «bueno», decía, y «absoluto» y «justicia» y «castigo», y la «voluntad de la mayoría». Luego su señor intervino bruscamente; ella lo apoyaba en su argumento contra Sanders. Sin embargo Sanders era un joven buen compañero (ahora todos los desechos se pusieron a remolinear alrededor del fregadero, rastreados por sus manos púrpuras, casi sin uñas). «Mujeres»... pensó, y se preguntó lo que Sanders y su señor hacían a *ese* respecto, un párpado hundiéndose perceptiblemente mientras cavilaba, porque ella era la madre de nueve niños... tres nacidos muertos y uno sordomudo de nacimiento. Poniendo los platos en el estante oyó nuevamente a Sanders que recomenzaba («no le da ni una oportunidad a Bonamy», pensó ella). Un «ente objetivo», dijo Bonamy; y «terreno común» y algo más... todas palabras muy largas, observó. «Es por haber aprendido de los libros», pensó para sí misma, y, metiendo sus brazos en su chaqueta, oyó algo caer... tal vez la mesita junto al fuego... y después ¡pum!, ¡pum!, ¡pum!... como viniéndose a las manos... alrededor del cuarto, haciendo danzar los platos.

—El desayuno de mañana, sir —dijo ella, abriendo la puerta; y allí estaban Sanders y Bonamy como dos toros de Basán persiguiéndose hacia arriba y hacia abajo, haciendo un tal barullo, y toda las sillas al medio. Nunca se apercibieron de ella. Ella se sentía maternal hacia ellos—. Su desayuno, sir —dijo ella cuando se acercaron. Y Bonamy, con todo su pelo enmarañado y su corbata volando, se liberó, y empujó a Sanders hacia el sillón, y dijo que Mr Sanders había roto la cafetera y que le estaba enseñando a Mr Sanders...

Y, con seguridad, la cafetera yacía rota sobre la alfombra delante de la chimenea.

—Cualquier día esta semana excepto el jueves —escribió Miss Perry, y esta no era, para nada, la primera invitación. ¿Estaban todas las semanas de Miss Perry en blanco con excepción de los jueves, y era su único deseo ver al hijo de su vieja amiga? El tiempo es otorgado a las damas solteronas adineradas en largas cintas blancas. Ellas hacen madejas de día en día, de día en día, asistidas por cinco criadas femeninas, un mayordomo, un loro mexicano fino, las comidas regulares, la biblioteca Mudie's, y los amigos pasando a verlas. Ya estaba un poco sentida que Jacob no la había visitado.

—Su madre —dijo ella—, es una de mis más viejas amigas.

Miss Rosseter, que estaba sentada junto al fuego, sosteniendo el Spectator entre su mejilla y la lumbre, rechazó una pantalla de chimenea, pero finalmente la aceptó. El tiempo fue discutido a continuación, ya que en deferencia a Parkes, que estaba abriendo las mesitas, temas más graves fueron pospuestos. Miss Rosseter atrajo la atención de Jacob hacia la belleza del gabinete.

—Tan maravillosamente lista para recoger cosas —dijo ella. Miss Perry lo había encontrado en Yorkshire. La conversación se ocupó del norte de Inglaterra. Cuando Jacob hablaba ambas escuchaban. Miss Perry estaba ponderando algo conveniente y masculino para decir cuando la puerta se abrió y Mr Benson fue anunciado. Ahora había cuatro personas sentadas en ese cuarto. Miss Perry, de 66 años; Miss Rosseter, 42; Mr Benson, 38; y Jacob, 25.

—Mi viejo amigo luce tan bien como siempre —dijo Mr Benson, golpeando ligeramente los barrotes de la jaula del loro; Miss Rosseter elogió el té simultáneamente; Jacob alcanzó las platos incorrectos; y Miss Perry hizo saber su deseo de acercarse un poco más—. Sus hermanos... —comenzó ella vagamente.

—Archer y John —le facilitó Jacob. Y entonces, para su placer ella recordó el nombre de Rebecca; y cómo, un día—: Cuando ustedes eran todos pequeños muchachos, jugando en la sala...

—Pero Miss Perry tiene el agarrador de la tetera —dijo Miss Rosseter, y de hecho Miss Perry lo sujetaba cerca de su pecho. (¿Había ella, por lo tanto, amado al padre de Jacob?).

—Tan inteligente... No tan bueno como de costumbre... Lo considero de lo más injusto... —dijeron Mr Benson y Miss Rosseter, hablando del *Saturday Westminster*. ¿Acaso no habían competido regularmente por premios? ¿Mr Benson no había ganado tres veces una guinea, y Miss Rosseter una vez diez chelines y seis peniques? Por supuesto, Everard Benson tenía un corazón débil, pero aun, ganar premios, recordar loros, lamer las botas a Miss Perry, desdeñar a Miss Rosseter, invitar a tomar el té en sus salones (que estaban decorados al estilo de Whistler, con libros bonitos sobre las mesas), todo esto, y así lo percibía Jacob sin conocerlo, lo convertía en un imbécil despreciable. En cuanto a Miss Rosseter, ella había sufrido de cáncer, y ahora pintaba acuarelas.

—¿Yéndose tan pronto? —dijo vagamente Miss Perry—. En casa cada tarde, si usted no tiene nada mejor que hacer... excepto los jueves.

—Nunca he sabido que usted abandone a sus viejas damas ni una vez —decía Miss Rosseter, y Mr Benson se inclinaba sobre la jaula del loro, y Miss Perry se movía hacia la campana...

El fuego ardía vivamente entre dos pilares de mármol verdoso, y en la repisa había un reloj verde resguardado por Britannia que se apoyaba sobre su lanza. En cuanto a los cuadros... una doncella con un gran sombrero ofrecía rosas sobre la puerta del jardín a un caballero en traje del siglo dieciocho. Un mastín yacía extendido contra una puerta estropeada. Los cristales inferiores de las ventanas estaban hechos de vidrio esmerilado, y las cortinas, cuidadosamente sostenidas, eran de felpa y verdes también.

Laurette y Jacob estaban sentados con sus pulgares en el guardafuego, lado a lado, en dos sillas grandes cubiertas de felpa verde. Las faldas de Laurette eran cortas, sus piernas largas, finas, y cubiertas de una materia transparente. Sus dedos acariciaban ligeramente sus tobillos.

—No es exactamente que no los entienda —decía ella cuidadosamente—. Debo ir e intentar nuevamente.

—¿A qué hora estarás allí? —dijo Jacob.

Ella se encogió de hombros.

—¿Mañana?

No, no mañana.

—Este tiempo me hace añorar el campo —dijo ella, mirando sobre su hombro a la parte trasera de las casas altas a través de la ventana.

—Me hubiera gustado que estuvieras conmigo el sábado —dijo Jacob.

—Yo acostumbraba montar a caballo —dijo ella. Ella se levantó con gracia, tranquilamente. Jacob se levantó. Ella le sonrió. Mientras ella cerraba la puerta él puso los tantos chelines convenidos sobre la repisa.

En conjunto una conversación muy razonable; un cuarto muy respetable; una muchacha inteligente. Solamente Madame misma, acompañando a Jacob hasta la salida, tenía esa mirada lasciva, esa lubricidad, ese temblor de la superficie (visible principalmente en los ojos), que amenaza con derramar el bolso entero de estiércol, que se tiene cerrado con dificultad, sobre la acera. En fin, algo andaba mal.

No hace mucho tiempo los obreros habían dorado la *y* final del nombre de Lord Macaulay, y los nombres se extendían en fila intacta alrededor de la bóveda del British Museum. Debajo, a una profundidad considerable, muchos centenares de entre los vivos se sentaban en los rayos de una rueda de carreta copiando de libros impresos a libros manuscritos; levantándose de vez en cuando para consultar el catálogo; recuperando sus lugares cautelosamente, mientras, de tanto en tanto, un hombre silencioso rellenaba sus compartimentos.

Se produjo una pequeña catástrofe. La pila de Miss Marchmont perdió el equilibrio y cayó en el compartimento de Jacob. Tales cosas sucedían a Miss Marchmont. ¿Qué buscaba ella a través de millones de páginas, en su viejo vestido afelpado, y su peluca de pelo color granate, con sus gemas y sus sabañones? A veces una cosa, a veces otra, confirmar su filosofía que el color es el sonido... o, quizás, que tiene algo que ver con la música. Ella nunca podía decir exactamente, aunque eso no era porque no lo intentara. Y ella no podría preguntarle a uno, de nuevo en su cuarto, porque este estaba «no muy limpio, me temo», así que ella debía atraparlo a uno en el pasillo, o tomar una silla en Hyde Park para explicarle su filosofía. El ritmo del alma depende de esta... («¡qué groseros que son los chiquillos!», diría ella), y la política irlandesa de Mr Asquith, y siguiendo con Shakespeare, «y la reina Alexandra acusó recibo, con tanta gracia, una vez, de una copia de mi panfleto», diría ella, echando a los chiquillos con un magnífico gesto de la mano. Pero ella necesita fondos para publicar su libro, porque los «editores son capitalistas... los editores son cobardes». Y por eso, hincando su codo en su pila de libros, esta cayó.

Jacob permaneció absolutamente impasible.

Pero Fraser, el ateo, en el otro lateral, detestando la felpa, más de una vez acosado con los folletos, se desplazó con irritación. Él aborrecía la imprecisión... la religión cristiana, por ejemplo, y los dictámenes del viejo decano Parker. El decano Parker escribía libros y Fraser los destruía completamente bajo la fuerza de la lógica y no bautizaba sus hijos... su esposa lo hacía secretamente en el lavabo... pero Fraser no hacía caso de ella, y seguía apoyando blasfemos, distribuyendo folletos, buscando sus pruebas en el British Museum, siempre con el mismo traje a cuadros y la corbata ardiente, pero pálido, lleno de granos, irritable. De hecho, ¡qué trabajo... destruir la religión!

Jacob transcribió un pasaje entero de Marlowe.

Miss Julia Hedge, la feminista, esperaba sus libros. No llegaban. Ella mojó su pluma. Miró a su alrededor. Sus ojos se detuvieron en las letras finales del nombre de Lord Macaulay. Y los leyó a todos alrededor de la bóveda... los nombres de los grandes hombres que nos recuerdan...: —¡Oh, maldición! —dijo Julia Hedge—, ¿por qué no dejaron lugar para una Eliot o una Bronte?

¡Desafortunada Julia, mojando su pluma en amargura, y dejando los cordones de sus zapatos desatados! Cuando sus libros llegaron se aplicó a sus gigantescas labores, pero percibiendo con uno de los nervios de su sensibilidad exasperada qué tan serenamente, despreocupadamente, y con toda consideración los lectores masculinos se aplicaban a las suyas. Aquel joven, por ejemplo. ¿Qué tiene para hacer excepto copiar poesía? Y ella debía estudiar estadísticas. Hay más mujeres que hombres. Sí; pero si uno deja a las mujeres trabajar como trabajan los hombres, ellas morirían mucho más rápidamente. Se extinguirían. Ese era su argumento. Muerte y hiel y polvo amargo había en su pluma; y como la tarde se gastaba, el rojo se le había subido a las mejillas y había una luz en sus ojos.

¿Pero qué llevó a Jacob Flanders a leer Marlowe en el British Museum? Juventud, juventud... algo salvaje... algo pedante. Por ejemplo, allí está Mr Masefield, allí está Mr Bennett. Que se los tire a la llama de Marlowe y sean quemados hasta que se conviertan en cenizas. Que no permanezca ni un fragmento. No flirtees con los de segunda clase. Detesta tu propia era. Construye una mejor. Y para poner eso en pie lee ensayos increíblemente aburridos sobre Marlowe a los amigos. Con ese propósito uno tiene que recopilar ediciones en el British Museum. Uno tiene que hacerlo por sí mismo. Es inútil confiar en los victorianos, que evisceran, o en los vivientes, que son meros publicistas. La carne y sangre del futuro depende enteramente de seis jóvenes. Y, como Jacob era uno de ellos, sin duda parecía un poco regio y pomposo mientras tornaba su página, y Julia Hedge lo encontraba naturalmente lo suficientemente desagradable.

Pero entonces un hombre con cara gorda empujó una nota hacia Jacob, y Jacob, reclinándose en su silla, comenzó una difícil conversación de murmuros, y salieron juntos (Julia Hedge los observó), y rieron en voz alta (así lo pensó ella) en cuanto estuvieron en el salón.

Nadie reía en la sala de lectura. Había movimientos, murmuros, estornudos apologéticos, y devastadoras toses repentinas y desvergonzadas. La hora de la lección había casi terminado. Los bedeles recogían ejercicios. Los niños perezosos querían elongar. Los buenos garabateaban asiduamente... ¡ah, otro día ha pasado y tan poco se ha hecho! Y a veces se podía oír desde la entera colección de seres humanos un suspiro profundo, después del cual el humillante viejo tosería desvergonzadamente, y Miss Marchmont relincharía como un caballo.

Jacob volvió justo a tiempo para devolver sus libros.

Ahora los libros habían recuperado su lugar. Algunas letras del alfabeto estaban salpicadas alrededor de la cúpula. Codo a codo en ronda alrededor de la cúpula estaban Platón, Aristóteles, Sófocles y Shakespeare; la literatura de Roma, Grecia, China, India, Persia. Una hoja de poesía estrechamente apretada contra otra hoja, una letra bruñida dispuesta regularmente contra otra en una densidad de significado, una conglomeración de belleza.

—Uno realmente necesita su té —dijo Miss Marchmont, reclamando su paraguas andrajoso.

Miss Marchmont necesitaba su té, pero nunca podía resistirse a una última mirada a los frisos del Partenón. Ella los miraba de lado, agitando su mano y murmurando una palabra o dos, saludando, lo que hizo que Jacob y el otro hombre se dieran vuelta. Ella les sonrió amablemente. Todo encajaba así en su filosofía... que el color es sonido, o quizás tiene algo que ver con la música. Y, habiendo terminado su homenaje, se fue cojeando a tomar el té. Era la hora de cierre. El público estaba reunido en el salón para recibir los paraguas.

La mayor parte de los estudiantes esperan su turno muy pacientemente. Estar parado y esperar mientras alguien examina las fichas blancas es reconfortante. El paraguas será seguramente encontrado. Pero este asunto lo acompaña a uno todo el día a través de Macaulay, Hobbes, Gibbon; con libros en octavo, cuarto, folio; se hunde más y más profundo a través de las páginas de marfil y encuadernaciones en tafilete en esta densidad de pensamiento, esta conglomeración de conocimiento.

El bastón de Jacob era como todos los otros; tal vez se habían equivocado de casilla.

En el British Museum hay una mente enorme. Hay que considerar que Platón está allí codo a codo con Aristóteles; y Shakespeare con Marlowe. Poseer el tesoro de esta gran mente está más allá del poder de cualquier mente singular. Sin embargo (dado que toman tanto tiempo para encontrar el bastón) uno no puede dejar de pensar en cómo uno pudo venir con un cuaderno, sentarse en un escritorio, y leer todo a lo largo de ella. Un hombre docto es el más venerable de todos... un hombre como Huxtable de Trinity, que escribe todas sus cartas en griego, dicen, y que hubiera podido estar a la altura de Bentley. Y además hay ciencia, cuadros, arquitectura... una mente enorme.

Deslizaron el bastón sobre el mostrador. Jacob estaba parado bajo el pórtico del British Museum. Llovía. Great Russell Street estaba esmaltada y brillante... aquí, amarillo; allí, fuera de la farmacia, rojo y azul pálido. La gente se escabulló rápidamente cerca de la pared; los carros repiqueteaban más bien atropelladamente descendiendo las calles. Bueno, pero un poco de lluvia no hace mal a nadie. Jacob se fue a pie como si estuviera en el campo; y esa noche, tarde, allí estaba, sentado a su mesa, con su pipa y su libro.

La lluvia caía torrencialmente. El British Museum se tenía en una sólida e inmensa loma, muy pálido, muy elegante en la lluvia, a menos de un cuarto de milla de Jacob. La vasta mente estaba cubierta de piedra; y cada compartimento en las profundidades de él estaba seguro y seco. Los vigilantes nocturnos, destellando sus linternas sobre las espaldas de Platón y Shakespeare, vieron que el veintidós de febrero ni la llama, ni la rata, ni el ladrón iba a violar estos tesoros... hombres pobres, altamente respetables, con esposas y familias en Kentish Town, dando lo mejor de sí durante veinte años para proteger a Platón y a Shakespeare, y luego ser enterrados en Highgate.

La piedra yace sólida sobre el British Museum, como los huesos yacen fríos sobre las visiones y el calor del cerebro. Solo que aquí el cerebro es el cerebro de Platón y el de Shakespeare; el cerebro ha hecho jarrones y estatuas, grandes toros y pequeñas joyas, y ha cruzado el río de la muerte de una y otra manera, incesantemente, buscando dónde aterrizar, ora envolviendo bien el cuerpo para su largo sueño; ora poniendo una moneda de un penique sobre los ojos; ora tornando escrupulosamente los dedos de los pies hacia el este. Mientras tanto, Platón continúa su diálogo; a pesar de la lluvia; a pesar de los silbidos del taxi; a pesar de la mujer en las caballerizas —detrás de Great Ormond Street—, que ha llegado a casa bebida y grita a lo largo de toda la noche: «¡Déjame entrar! ¡Déjame entrar!».

En la calle, debajo del cuarto de Jacob, se alzaron voces. Pero él siguió leyendo. Porque después de todo Platón continúa imperturbablemente. Y Hamlet pronuncia su soliloquio. Y allí yacen los frisos del Partenón, durante toda la noche, la linterna del viejo Jones reanimando a veces a Ulises, o la cabeza de un caballo; o a veces un destello de oro, o la mejilla amarillenta y hundida de una momia. Platón y Shakespeare continúan; y Jacob, que estaba leyendo el *Fedro*, oyó a la gente vociferando cerca de la farola, y a la mujer golpeando a la puerta y gritando, «¡Déjenme entrar!», lo oyó de la misma manera que si un carbón se hubiera deslizado del fuego, o una mosca hubiera caído del techo, tendida sobre su espalda, demasiado débil como para darse la vuelta.

El *Fedro* es muy difícil. Y así, cuando al final uno comienza a avanzar de una vez, tomando la cadencia, marchando, convirtiéndose (así parece) momentáneamente en parte de esa energía que progresa imperturbable, que ha expulsado la oscuridad delante de ella desde que Platón caminó por la Acrópolis, es imposible ocuparse del fuego.

El diálogo se acerca a su término. El razonamiento de Platón ya ha terminado. El razonaminento de Platón se ha inmiscuido en la mente de Jacob, y por cinco minutos la mente de Jacob continúa sola, hacia delante, en la oscuridad. Luego, levantándose, él abrió las cortinas, y vio, con sorprendente claridad, cómo los Springett al frente se habían ido a la cama; cómo llovía, cómo los judíos y la mujer extranjera, al final de la calle, estaban parados cerca del buzón de correos, discutiendo.

Cada vez que se abría la puerta y nueva gente entraba, aquellos que ya estaban en el cuarto cambiaban ligeramente de posición; los que estaban parados miraban sobre sus hombros; los que estaban sentados se detenían en medio de las frases. Aun con la luz, el vino, los rasgueos de una guitarra, algo excitante sucedía cada vez que se abría la puerta. ¿Quién venía?

—Ese es Gibson.

—¿El pintor?

—Pero continúa con lo que estabas diciendo.

Estaban diciendo algo que era de lejos, de lejos, demasiado íntimo como para ser dicho directamente. Pero el ruido de las voces hacía las veces de un badajo en la mente de la pequeña Mrs Withers, ahuyentando en el aire bandadas de pajaritos, que entonces se posaron, y entonces ella sintió miedo, puso una mano sobre su cabello, apretó las dos manos contra sus rodillas, y miró a Oliver Skelton nerviosamente, diciendo:

—Prométeme, *prométeme*, que no le dirás a nadie —... él era tan considerado, tan tierno. Discutían sobre el carácter de su esposo. Él era frío, decía ella.

Cerca de ellos se abalanzó la espléndida Magdalen, bruna, tibia, voluminosa, apenas rozando la hierba con sus pies en sandalias. Su cabello volaba; parecía que los alfileres apenas podían sujetar las sedas volantes. Una actriz, por supuesto, un haz de luz perpetuo sobre ella. Ella solo decía «mi querida», pero su voz continuaba cantando la tirolesa entre pasos alpinos. Y tambaleó hacia el suelo, y cantó, dado que no había nada para decir, «¡ah!» y «¡oh!» bien redondeados. Mangin, el poeta, viniendo hacia ella, se quedó mirándola hacia abajo, sacando su pipa. Comenzaron a danzar.

La canosa Mrs Keymer le pidió a Dick Graves que le dijera quién era Mangin, y dijo que ella ya había visto demasiadas cosas semejantes en Paris (Magdalen se había puesto de rodillas; ahora la pipa de él estaba en la boca de ella) como para conmocionarse: —¿Quién es ese? —dijo ella, suspendiendo sus lentes cuando llegaron a Jacob, porque, de hecho, él parecía silencioso, no indiferente, sino como alguien en la playa, observando.

—¡Oh querido, déjame apoyarme en ti! —boqueó Helen Askew, dando saltitos en un pie, porque la cuerda de plata alrededor de su tobillo se había aflojado. Mrs Keymer se tornó y miró hacia la pintura sobre la pared.

—Mira a Jacob —dijo Helen (estaban vendando los ojos de él para algún juego).

Y Dick Graves, un poco ebrio, muy fiel, y muy ingenuo, le dijo que pensaba que Jacob era el hombre más grandioso que había conocido. Y se sentaron en el suelo con las piernas cruzadas sobre almohadones y hablaron sobre Jacob, y la voz de Helen temblaba, porque los dos eran como héroes para ella, y la amistad de ellos era mucho más hermosa que la amistad de las mujeres. Anthony Pollett le pidió una danza, y mientras danzaba ella los miraba, sobre su hombro, parados cerca de la mesa, tomando juntos.

El mundo magnífico... el mundo viviente, sano y vigoroso... Estas palabras hacen referencia a la franja de acera de madera que va de Hammersmith a Holborn en enero entre las dos y las tres de la mañana. Era el suelo que estaba bajo los pies de Jacob. Era saludable y magnífico porque un cuarto, sobre unas caballerizas, en algún lugar cercano al río, contenía cincuenta personas excitadas, locuaces, amigables. Y luego caminar con pasos largos sobre la acera (apenas si había un taxi o un policía a la vista) es en sí mismo exhilarante. La larga curva de Piccadilly, punteada de diamantes, no está jamás tan bella como cuando está vacía. Un joven no tiene nada que temer. Al contrario, aunque él no haya dicho nada brillante, se siente bastante seguro de ocupar su lugar. Le había reconfortado haber conocido a Mangin; admiraba a la joven mujer sobre el suelo; gustaba de todos; le gustaban esa clase de cosas. En pocas palabras, todos los tambores y las trompetas sonaban. Los que hurgan en la basura eran la única gente que rondaba en ese momento. Es apenas necesario decir lo bien dispuesto que se sentía Jacob con respecto a ellos; cómo le reconfortaba abrirse paso con su llave en su propia puerta; cómo le parecía llevar con él al cuarto vacío diez u once personas a quienes no conocía cuando había salido; cómo miró alrededor buscando algo para leer, y lo encontró, y nunca lo leyó, y se quedó dormido.

De hecho, tambores y trompetas no son solo una manera de decir. De hecho, Piccadilly y Holborn, y la vacía sala de estar y la sala de estar con cincuenta personas en ella, son susceptibles en todo momento de hacer sonar música en el aire. Las mujeres, tal vez, se excitan más que los hombres. Es raro que alguien diga algo sobre esto, y al ver las hordas cruzando Waterloo Bridge para alcanzar el tren directo a Surbiton uno puede pensar que alguna razón las compele. No, no. Son los tambores y las trompetas. Solo que, si uno tuerce el camino por una de esas pequeñas bahías de Waterloo Bridge para pensar bien el asunto, le parecerá probablemente todo un desorden... todo un misterio.

Las hordas cruzan el puente incesantemente. A veces en medio de carretas y ómnibus aparece un camión con grandes árboles forestales encadenados a él. Y luego, tal vez, la camioneta de un albañil con lápidas recién grabadas recordando cómo alguien amaba a alguien que está enterrado en Putney. Entonces el automóvil enfrente se sacude hacia delante, y las lápidas pasan demasiado rápido delante de uno como para leer más. Todo el tiempo la corriente de gente pasa sin cesar desde la costa de Surrey hacia el Strand; desde el Strand hacia la costa de Surrey. Parece como si los pobres hubieran saqueado la ciudad, y ahora se retiraran a sus propios barrios, como coleópteros apresurándose hacia sus huecos, porque aquella vieja mujer cojea claramente hacia Waterloo, tomando un bolso lustroso, como si hubiera salido a la luz y ahora robado algunos razguños de huesos de pollo para su innovada cueva. Por otra parte, aunque el viento es áspero y sopla sobre sus rostros, aquellas jóvenes allí, dando zancadas tomadas de la mano, gritando una canción, no parecen sentir ni frío ni vergüenza. Con la cabeza descubierta. Ellas triunfan.

El viento ha levantado las olas. El río acelera debajo nuestro, y los hombres parados sobre las barcazas tienen que apoyar todo su peso sobre el timón. Una lona negra está atada allí abajo, sobre una abultada carga de oro. Avalanchas de carbón brillan de manera negruzca. Como de costumbre, los pintores están colgados sobre tablones a lo largo de los grandes hoteles de la costa, y las ventanas de los hoteles ya tienen algunos puntos iluminados en ellos. Del otro lado de la costa la ciudad es blanca como si hubiera envejecido; la catedral de St Paul se hincha blanca sobre los edificios erodados, puntiagudos u oblongos a su costado. Solo la cruz brilla de un oro rosado. Pero, ¿a qué siglo hemos llegado? ¿Ha continuado por siempre esta procesión desde la costa de Surrey hacia el Strand? Ese viejo hombre ha cruzado el puente durante seiscientos años, con la turba de jovencitos a sus talones, porque está ebrio, o ciego por la miseria, y atado con trapos de ropa tal como los peregrinos deben haberse vestido. Arrastra los pies. Nadie se queda quieto. Parece como si marcháramos al son de la música; tal vez el viento y el río; tal vez estos tambores y trompetas... el éxtasis y el alboroto del alma. He ahí, incluso la risa infeliz, y el policía, lejos de juzgar al hombre ebrio, lo vigila con gracia, y los jovencitos corretean de nuevo, y el empleado de Somerset

House no tiene sino tolerancia hacia él, y el hombre que está leyendo media página de Lothair en el puesto de libros cavila caritativemente, con sus ojos fuera de la página impresa, y la muchacha duda en la esquina y torna hacia él la brillante y sin embargo vaga mirada de la juventud.

Brillante y sin embargo vaga. Pero ella tal vez tiene veintidós años. De pinta modesta. Cruza la calle y mira los narcisos y los tulipanes rojos en la vitrina de la florería. Duda, y huye en dirección de Temple Bar. Camina rápidamente, y sin embargo todo la distrae. Ora parece ver algo, y ora no haber notado nada.

Capítulo diez

A través del cementerio abandonado en la parroquia de St Pancras, Fanny Elmer se extravió entre las tumbas blancas que se apoyan contra la pared, cruzando la hierba para leer un nombre, apresurándose cuando el cuidador se acerca, apresurándose hacia la calle, haciendo ahora una pausa en la vitrina con porcelanas azules, ahora dándose prisa para recuperar el tiempo perdido, entrando precipitadamente en la tienda de un panadero, comprando panecillos, agregando tortas, prosiguiendo una vez más de tal manera que cualquiera queriendo seguirla debía casi trotar. No se vestía pobremente sin embargo. Ella vestía medias de seda, y zapatos con broches de plata, solo la pluma roja en su sombrero se inclinaba, y la hebilla de su bolso era débil, porque hacia fuera cayó una copia del programa de Madame Tussaud's mientras caminaba. Ella tenía los tobillos de un ciervo. Su cara estaba oculta. Por supuesto, en esta oscuridad, los movimientos rápidos, las miradas furtivas, y las esperanzas altísimas vienen bastante naturalmente. Ella pasó justo bajo la ventana de Jacob.

El inmueble no tenía relieves, era oscuro y silencioso. Jacob estaba en casa ocupado con un problema de ajedrez, el tablero sobre una banqueta entre sus rodillas. Una mano tocaba el cabello en la parte trasera de su cabeza. Él la llevó lentamente hacia delante y levantó la reina blanca de su casillero; luego la volvió a dejar en el mismo lugar. Llenó su pipa; reflexionó; movió dos peones; avanzó el caballo blanco; luego reflexionó con un dedo sobre el alfil. Ahora Fanny Elmer pasaba bajo su ventana.

Ella iba a posar para el pintor Nick Bramham.

Ella posaba con un chal español estampado de flores, sosteniendo en su mano una novela con tapa amarilla.

—Un poco más abajo, un poco más suelta, así... mejor, correcto — balbuceó Bramham, que estaba dibujándola, y fumando al mismo tiempo, y que era taciturno por naturaleza. Su cabeza podía ser la obra de un escultor, que había ejecutado la frente más cuadrada, extendido la boca, y dejado marcas de sus pulgares y rayas de sus dedos en la arcilla. Pero los ojos no habían sido cerrados nunca. Eran más bien prominentes, y más bien sanguinolientos, como si esto fuera causado por mirar y mirar fijamente, y cuando él hablaba parecía perturbado por un segundo, pero seguía mirando fijamente. Una luz eléctrica sin pantalla colgaba sobre su cabeza.

En cuanto a la belleza de las mujeres, es como la luz en el mar, nunca constante a una sola ola. Todas la tienen; todas la pierden. Ora ella es aburrida como una gruesa rebanada de tocino, ora transparente como un cairel. Los rostros fijos son los aburridos. Aquí viene Lady Venice expuesta como un monumento para ser admirada, pero tallada en alabastro, para ser fijada a la repisa y que nunca se le limpie el polvo. Una elegante morena, completa de la cabeza a los pies, sirve solamente como una ilustración para apoyar sobre la mesa del salón. Las mujeres en las calles tienen los rostros de los naipes; los contornos repletos con exactitud, de rosa o de amarillo, y la línea dibujada firmemente alrededor de ellos. Entonces, en una ventana del último piso, inclinándose hacia fuera, mirando abajo, usted ve la belleza misma; o en la esquina de un ómnibus; o acuclillada en una zanja... la belleza brillando, repentinamente expresiva, desaparecida un momento después. Nadie puede contar con ella o atraparla o envolverla en papel. Nada puede ser ganado con las tiendas, y Dios sabe que sería mejor sentarse en casa que cazar los escaparates con la esperanza de encontrar vivo en ellas el verde brillante, el rubí resplandeciente. Pero en un platillo la cola de pescado no pierde su lustre más pronto que lo que lo hacen las sedas. Así, si uno conversa con una mujer hermosa, uno solo quiere decir algo que pase rápidamente y por un segundo utilice los ojos, los labios, o las mejillas de Fanny Elmer, por ejemplo, para resplandecer a través de ellos.

Ella no era hermosa cuando se sentaba tiesa; su labio inferior demasiado prominente; su nariz demasiado grande; sus ojos demasiado juntos. Era una muchacha delgada, con las mejillas brillantes y el pelo oscuro, malhumorada en este momento, o agarrotada de tanto posar. Cuando Bramham rompió su bastón de carbonilla ella se sobresaltó. Bramham estaba fuera de sí. Él se acuclilló delante de la estufa de gas para calentarse las manos. Mientras tanto ella miraba su dibujo. Él gruñió. Fanny tiró una bata sobre sus espaldas y puso una pava a hervir.

—Por Dios, que es malo —dijo Bramham.

Fanny se dejó caer al piso, abrazó sus rodillas con sus manos, y lo miraba, sus ojos hermosos... sí, la belleza, volando a través del cuarto, brilló allí por un segundo. Los ojos de Fanny parecían preguntar, conmiscerarse, ser, por un segundo, el amor mismo. Pero ella exageraba. Bramham no notó nada. Y cuando la pava hirvió, se levantó espantada, más como un potro o un perrito que una mujer amorosa.

Entonces Jacob caminó hacia la ventana y se quedó parado con sus manos en sus bolsillos. Mr Springett salió de enfrente, miró el escaparate de su tienda, y volvió a entrar. Los niños pasaron vagabundeando, echando un vistazo a los palillos rosados de los dulces. La camioneta de Pickford osciló calle abajo. Un muchacho pequeño giraba sobre sí, alrededor de una cuerda. Jacob se dio vuelta. Dos minutos más tarde él abrió la puerta delantera, y se alejó andando en dirección de Holborn.

Fanny Elmer tomó su capa del gancho. Nick Bramham quitó los alfileres de su dibujo y lo enrolló bajo su brazo. Apagaron las luces y se dirigieron calle abajo, siguiendo su camino a través de toda la gente, los automóviles, los ómnibus, los carros, hasta que alcanzaron Leicester Square, cinco minutos antes que Jacob alcanzara el mismo lugar, porque su camino era un poco más largo, y se había quedado bloqueado en Holborn por la gente esperando para ver pasar al rey, de modo que Nick y Fanny ya estaban inclinándose sobre la baranda en la rambla del Empire cuando Jacob empujó las puertas batientes y ocupó su lugar al lado de ellos.

—Hola, no me había dado cuenta que estabas allí —dijo Nick, cinco minutos más tarde.

—¡Qué va! —dijo Jacob.

—Miss Elmer —dijo Nick.

Jacob sacó la pipa de su boca muy torpemente.

Él era muy torpe. Y cuando se sentaron sobre un sofá de felpa y dejaron ir el humo hacia arriba, entre ellos y el escenario, y oyeron a lo lejos las voces agudas y la alegre orquesta irrumpiendo oportunamente, seguía siendo torpe, solo Fanny pensaba: «¡Qué voz hermosa!». Ella pensó en lo poco que decía pero en lo firme que era. Ella pensó en cómo los jóvenes son dignos y distantes, y que no están conscientes de ello, y cómo uno puede sentarse tranquilamente al lado de Jacob y mirarlo. Y lo infantil que puede ser, llegando cansado una tarde, pensó ella, y tan majestuoso; un poco autoritario quizás; «pero yo no cedería», pensó ella. Él se levantó y se inclinó sobre la baranda. El humo flotaba sobre él.

Y la belleza de los hombres jóvenes parece estar para siempre fijada en humo, por más animados que corran tras las pelotas de fútbol, o guíen las pelotas de cricket, dancen, corran, o den zancadas a lo largo de los caminos. Posiblemente van a perderla pronto. Posiblemente miran a los ojos a los héroes lejanos, y toman su estancia entre nosotros medio despectivamente, pensó ella (vibrando como la cuerda de un violín, que se frota y se rompe). De todos modos, aman el silencio, y hablan maravillosamente, cada palabra cayendo como una ficha nueva, no un cotorreo de pequeñas monedas gastadas como las que usan las muchachas; y se mueven decididamente, como si supieran cuánto tiempo quedarse y cuándo partir... oh, pero Mr Flanders se había ido solamente a buscar un programa.

—Los bailarines llegan justo al final —dijo él, volviendo hacia ellos.

¿Y no es agradable, Fanny siguió pensando, cómo los hombres jóvenes sacan montones de monedas de plata de los bolsillos de sus pantalones, y las miran, en vez de tener unas cuantas en un monedero?

Y luego, allí mismo estaba ella, girando a través del escenario vestida con volantes blancos, y la música era la danza y el impulso de su propia alma, y toda la maquinaria, la roca y el engranaje enteros del mundo giraban suavemente en esos rápidos remolinos y caídas, así lo sintió ella, mientras estaba de pie, rígida, inclinándose sobre la baranda a dos pasos de Jacob Flanders.

El guante negro de ella, estrujado, cayó al piso. Cuando Jacob se lo dio, ella tuvo un sobresalto de cólera. Porque nunca hubo una pasión más irracional. Y Jacob se asustó de ella por un momento... tan violento, tan peligroso es cuando las jovencitas están de pie, rígidas; se aferran de la baranda; se enamoran.

Era mediados de febrero. Las azoteas de Hampstead Garden Suburb descansaban en una trémula niebla. Hacía demasiado calor como para caminar. Un perro ladraba, ladraba, ladraba, debajo, en la hondonada. Las líquidas sombras recubrieron la planicie.

Después de una larga enfermedad el cuerpo está lánguido, pasivo, receptivo a la dulzura, pero demasiado débil como para contenerla. Las lágrimas manan y caen mientras el perro ladra en la hondonada, los niños rozan el suelo en pos de sus aros, el campo se oscurece y se ilumina. Parece que estuviera detrás de un velo. «¡Ah!, pero corre un velo aún más espeso para que no me desmaye por la dulzura», suspiró Fanny Elmer, mientras se sentaba en un banco en Judges Walk mirando hacia Hampstead Garden Suburb. Pero el perro continuó ladrando. Los automóviles ulularon en la ruta. Ella oyó a lo lejos un ajetreo y un ruido sordo. Su corazón estaba agitado. Se puso de pie y caminó. La hierba era nueva y verde; el sol quemante. Alrededor de todo el estanque los niños se inclinaban para botar los pequeños barcos; o bien gritaban cuando sus niñeras los retiraban.

Al mediodía las mujeres jóvenes caminan al aire fresco. Todos los hombres están ocupados en la ciudad. Se quedan paradas al borde del estanque azul. El viento fresco dispersa las voces de los niños todo en derredor. «Mis niños», pensó Fanny Elmer. Las mujeres están paradas alrededor del estanque, cazando grandes perros hirsutos, que dan brincos. El bebé es mecido suavemente en el cochecito. Los ojos de todas las enfermeras, de las madres y de las mujeres paseándose están un poco vidriados, absortas. Asientan suavemente con la cabeza en vez de contestar cuando los pequeños muchachos tiran de sus faldas, pidiéndoles que continúen.

Y Fanny se movió, oyendo un cierto grito... el silbido de un trabajador, quizás... alto en medio del aire. Ahora entre los árboles, era el tordo trinando en el aire caliente un alboroto de júbilo; pero parecía que era el miedo que lo estimulaba, pensó Fanny; como si él también estuviera angustiado con tanta alegría en su corazón... como si lo miraran mientras cantaba, y estuviera presionado a cantar por el tumulto. ¡Allí! Agitado, voló al árbol siguiente. Ella oyó su canción más débilmente. Más allá estaba el zumbido de las ruedas y del viento levantándose.

Ella gastó diez peniques en el almuerzo.

—¡Vaya!, señorita, ella se ha dejado su paraguas —se quejó la mujer con la piel moteada en el escaparate cerca de la puerta del restaurant de Express Dairy Company.

—Tal vez pueda alcanzarla —contestó Milly Edwards, la camarera con trenzas de pelo pálido; y se apresuró al pasar la puerta.

—No se pudo hacer nada —dijo ella, volviendo después de un momento con el paraguas barato de Fanny. Ella puso su mano sobre las trenzas.

—¡Oh, esa puerta! —se quejó la cajera.

Sus manos estaban ensartadas en mitones negros, y las yemas de los dedos que tomaban los comprobantes estaban hinchadas como salchichas.

—Una tarta con verduras para uno. Café grande y *crumpets*. Huevos en tostada. Dos porciones de bizcocho de frutas.

Así chasqueaban las voces agudas de las camareras. Los comensales oyeron con aprobación sus órdenes repetidas; viendo con esperanza la siguiente mesa servida. Sus propios huevos en tostada al fin les fueron servidos. Sus ojos ya no vagaban más.

Cubos húmedos de pasteles caían en bocas abiertas como bolsas triangulares.

Nelly Jenkinson, la mecanógrafa, desmenuzaba su torta de manera bastante indiferente. Cada vez que la puerta se abría ella levantaba la mirada. ¿Qué esperaba ver?

El comerciante de carbón leía el *Telegraph* sin pausa, erró al platillo y, tanteando abstraído, apoyó la taza sobre el mantel.

—¿Has oído alguna vez una tal impertinencia? —concluyó Mrs Parsons, cepillando las migajas de sus pieles.

—Leche caliente y un *scone* para uno. Un pote de té. Un bollo de pan con mantequilla —gritaron las camareras.

La puerta se abría y se cerraba.

Tal es la vida de los ancianos.

Es curioso, recostado en un barco, mirar las olas. Aquí hay tres que vienen regularmente una tras otra, todas más o menos del mismo tamaño. Entonces, apresurándose detrás de ellas, viene una cuarta, muy grande y amenazadora; levanta el barco; continúa; de alguna manera se fusiona sin haber logrado gran cosa; se aplana con el resto.

¿Qué puede ser más violento que el lío de ramas en un temporal, el árbol cediendo todo por encima del tronco, hasta la punta misma del ramaje, ondeando y estremeciéndose hacia donde sopla el viento, y sin embargo nunca volando en desorden? El maíz se retuerce y se rebaja como si se preparara para arrancarse, libre de las raíces, y sin embargo está atado por debajo.

Porque, desde las ventanas mismas, incluso en el crepúsculo, usted ve un raudal corriendo a lo largo de la calle, una aspiración, como si tuviera los brazos abiertos, los ojos deseando, boquiabierto. Y entonces nos desplomamos pacíficamente. Porque si la exaltación durara seríamos soplados como espuma en el aire. Las estrellas brillarían a través de nosotros. Nos iríamos con el temporal como gotas de agua salada... como a veces nos sucede. Porque los espíritus impetuosos no tienen nada que acunar. Nunca una sacudida o un apoltronarse sin sentido para ellos. Nunca haciendo creer, o mintiendo por complacencia, o suponiendo amablemente que uno es tan bueno como otro, que el fuego es caliente, el vino agradable, la extravagancia un pecado.

—La gente es tan agradable una vez que uno la conoce.

—No podría pensar nada malo de ella. Uno debe recordar... —Pero Nick quizás, o Fanny Elmer, creyendo implícitamente en la verdad del momento, se lanza, le arden las mejillas, arremete como el granizo.

—¡Oh! —dijo Fanny, irrumpiendo en el estudio tres cuartos de hora en retraso porque había estado paseándose por el barrio del Foundling Hospital simplemente para tener la oportunidad de ver a Jacob calle abajo, sacar la llave y abrir la puerta...— me temo que estoy con retraso —a lo que Nick no respondió nada y Fanny se puso insolente.

—¡No voy a venir nunca más! —gritó ella, finalmente.

—No lo hagas, entonces —respondió Nick, y ella se fue corriendo sin siquiera desear las buenas noches.

¡Qué exquisitez... ese vestido en la tienda Evelina's en Shaftesbury Avenue! Eran las cuatro de la tarde de un día agradable, a principios de abril, y ¿era Fanny la que iba a pasar las cuatro de la tarde, de un día agradable, dentro de la casa? Otras muchachas en la misma calle estaban reclinadas sobre libros mayores, o daban largas puntadas, cansinas entre la seda y la gasa; o, engalanadas con cintas en Swan and Edgars, rápidamente sumando peniques y cuartos de peniques en la parte posterior del tique y retorciendo la yarda y tres cuartos en papel tisú y preguntando «¿qué desea?» al cliente siguiente.

En la tienda Evelina's en Shaftesbury Avenue las partes de una mujer se mostraban por separado. En la mano izquierda estaba su falda. Trenzada alrededor de un poste, en el centro, había una boa de plumas. Alineados como las cabezas de los malhechores en Temple Bar estaban los sombreros... color esmeralda y blanco, coronados por una violeta ligera o inclinándose bajo el peso de plumas profusamente teñidas. Y sobre la alfombra estaban sus pies... zapatos con punta dorada, o de cuero barnizado rayado con escarlata.

Comidas por los ojos de las mujeres, las vestimentas, a eso de las cuatro, estaban llenas de cresas como las tortas de azúcar en la vitrina de un panadero. Fanny también les echó un ojo. Pero viniendo a lo largo de Gerrard Street había un hombre alto con una capa desgastada. Una sombra cayó a través del escaparate de Evelina's... la sombra de Jacob, aunque no era Jacob. Y Fanny se dio vuelta y caminó a lo largo de Gerrard Street y deseó haber leído libros. Nick nunca leía libros, nunca hablaba de Irlanda, o de la Cámara de los Lores; ¡y, en cuanto a sus uñas! Ella aprendería latín y leería Virgilio. Ella había sido una gran lectora. Había leído Scott; había leído Dumas. En la Slade nadie leía. Pero nadie conocía a Fanny en la Slade, o se imaginaba lo vacío que le parecía a ella; la pasión por los pendientes, por las danzas, por Tonks y Steer... cuando solo los franceses saben pintar, decía Jacob. Porque los modernos eran vanos; pintar, el menos respetable de los artes; ¿y por qué leer algo más que Marlowe y Shakespeare, Jacob decía, y Fielding si uno debe leer novelas?

—Fielding —dijo Fanny, cuando el vendedor en Charing Cross Road le preguntó qué libro deseaba.

Ella compró *Tom Jones*.

A las diez de la mañana, en un cuarto que ella compartía con una maestra, Fanny Elmer leía *Tom Jones*... ese libro místico. Pero esta cosa sosa (pensó Fanny) sobre gente con nombres extraños es lo que le gusta a Jacob. Le gusta a la gente bien. Las mujeres mal vestidas, a quienes no les importa cómo cruzan sus piernas, leen *Tom Jones*... un libro místico; porque hay algo, pensó Fanny, en los libros que si me hubieran educado me habrían gustado... mucho más que los pendientes y las flores, suspiró ella, pensando en los pasillos de la Slade y el baile de disfraces de la semana próxima. Ella no tenía nada para ponerse.

Son auténticas, pensó Fanny Elmer, posando sus pies en la repisa. Algunas personas lo son. Nick tal vez, solo que él es tan estúpido. Y las mujeres nunca... excepto Miss Sargent, pero ella se iba a la hora del almuerzo y se daba grandes aires. Se sientan silenciosos por la noche leyendo, pensó ella. Sin ir a los music-halls; sin mirar las vitrinas de los negocios; sin vestir unos las ropas de los otros, como Robertson que se había vestido con el chal de ella, y ella se había vestido con su chaleco, lo que Jacob hubiera hecho muy torpemente; porque a él le gustaba *Tom Jones*.

Allí yacía en su regazo, en columnas dobles, con un precio de tres chelines y medio; el libro místico en el cual Henry Fielding hace tantos pero tantos años regañaba a Fanny Elmer por disfrutar el escarlata, en perfecta prosa, decía Jacob. Porque él no leía nunca novelas modernas. A él le gustaba *Tom Jones*.

—Me gusta *Tom Jones* —dijo Fanny a las cinco y media ese mismo día de principios de abril cuando Jacob sacaba su pipa, en el sillón, frente a ella.

¡Ay, las mujeres mienten! Pero no Clara Durrant. Una mente sin defectos; una naturaleza sincera; una virgen encadenada a una roca (en alguna parte cerca de Lowndes Square) sirviendo eternamente el té a hombres viejos en chalecos blancos, de ojos azules, mirando directamente a la cara, tocando Bach. De todas las mujeres, era la que Jacob más honraba. Pero sentarse en una mesa con pan y mantequilla, con viudas en terciopelo, y nunca decir a Clara Durrant más que lo que Benson dijo al loro cuando la vieja Miss Perry servía el té era un ultraje insufrible a las libertades y al decoro de la naturaleza humana... o palabras a tal efecto. Porque Jacob no dijo nada. Solamente miró intensamente al fuego. Fanny hizo *Tom Jones* a un lado.

Ella cosía o tejía.

—¿Qué es eso? —preguntó Jacob.

—Para la danza de la Slade.

Y ella fue a buscar su turbante; sus pantalones; sus zapatos con borlas rojas. ¿Qué debía ponerse?

—Yo estaré en París —dijo Jacob.

«¿Y cuál es el sentido de los bailes de disfraces?», pensó Fanny. Uno se encuentra con la misma gente; se viste con las mismas ropas; Mangin se emborracha; Florinda se sienta en sus rodillas. Ella flirtea descaradamente... con Nick Bramham ahora mismo.

—¿En París? —dijo Fanny.

—De camino a Grecia —respondió él.

Porque, dijo él, no hay nada tan detestable como Londres en mayo. Él iba a olvidarla.

Un gorrión pasó volando por la ventana llevando una pajilla... una pajilla de un montón junto a un granero en una granja. El viejo spaniel marrón olisquea el suelo buscando una rata. Los ramas superiores de los olmos ya están salpicadas de nidos. Los nogales han desplegado sus abanicos. Y las mariposas hacen alarde alrededor de los paseos en el bosque. Quizás la tornasolada se da un banquete, como dice Morris, sobre una masa de carroña putrefacta en la base de un roble.

Fanny pensó que todo venía de *Tom Jones*. Él era capaz de irse solo con un libro en su bolsillo y mirar los tejones. Tomaría un tren a las ocho y media y caminaría toda la noche. Observaría las luciérnagas, y traería de vuelta gusanos fosforescentes en pastilleros. Iría a cazar con los New Forest Staghounds. Todo venía de *Tom Jones*; y él iría a Grecia con un libro en su bolsillo y la olvidaría.

Ella fue a buscar su espejo de mano. Allí estaba el rostro de ella. ¿Y si suponemos que enrollamos un turbante alrededor de la cabeza de Jacob? Allí estaba el rostro de él. Ella encendió la lámpara. Pero como la luz diurna venía a través de la ventana, solamente un lado fue iluminado por la lámpara. Y aunque él se veía terrible y magnífico y estuviera dispuesto a abandonar la cacería, así dijo él, y venir a la Slade, y ser un caballero turco o un emperador romano (y él se dejó ennegrecer sus labios y contrajo la mandíbula y frunció el seño en el espejo), aun... allí yacía *Tom Jones*.

Capítulo once

—Archer —dijo Mrs Flanders con esa ternura que las madres manifiestan tan a menudo por sus hijos mayores—, estará en Gibraltar mañana.

El correo que ella esperaba (paseando por Dods Hill mientras que las campanas de la iglesia repicaban al azar la melodía de un himno sobre su cabeza, el reloj dando las cuatro a través de las notas que lo rodean; la hierba tomando un color púrpura bajo una nube de tormenta; y las dos docenas de casas de la aldea encogiéndose de miedo, infinitamente humildes, reunidas bajo una misma hoja de sombra), el correo, con toda su variedad de mensajes, los sobres dirigidos con letras toscas, con letras inclinadas, a veces franqueados con sellos ingleses, a veces con sellos coloniales, o de vez en cuando matasellados rápidamente con una barra amarilla; el correo estaba a punto de dispersar innumerables mensajes por todo el mundo. Si nos beneficiamos o no con este hábito de profusa comunicación no nos toca a nosotros decirlo. Pero que el género epistolar es practicado de manera mendaz en nuestros días, particularmente por hombres jóvenes viajando a lugares en el extranjero, es algo que parece bastante probable.

Por ejemplo, considere esta escena.

Aquí estaba Jacob Flanders que se había ido al extranjero y que se detenía, para hacer una pausa en su viaje, en París. (La vieja Miss Birkbeck, prima de su madre, había muerto el pasado mes de junio y le había dejado cien libras).

—No necesitas repetir la maldita cosa otra vez, Cruttendon —dijo Mallinson, el pequeño pintor calvo que estaba sentado a una mesa de mármol, salpicada con café y marcada con anillos por el vino, hablando muy rápidamente, e indudablemente más que un poco ebrio.

—Bien, Flanders, ¿has terminado de escribir a tu señora? —dijo Cruttendon cuando Jacob llegó para tomar asiento al lado de ellos, sosteniendo en su mano un sobre dirigido a Mrs Flanders, cerca de Scarborough, Inglaterra.

—¿Tú estimas a Velázquez? —dijo Cruttendon.

—¡Claro que lo hace! —dijo Mallinson.

—Él siempre termina poniéndose así —dijo Cruttendon irritado.

Jacob miró a Mallinson con una calma excesiva.

—Te diré las tres cosas más grandes que han sido escritas en toda la literatura —estalló Cruttendon—. «Queda allí pendiendo, como un fruto mi alma...» —comenzó...

—No escuches a un hombre que no aprecia Velázquez —dijo Mallinson.

—Adolphe, no le des más vino a Mr Mallinson —dijo Cruttendon.

—Juego limpio, juego limpio —dijo Jacob juiciosamente—. Deja a un hombre emborracharse si lo desea. Eso es Shakespeare, Cruttendon. Estoy de acuerdo contigo en eso. Shakespeare tiene más instinto que todos esos malditos comilones de ranas juntos. «Queda allí pendiendo, como fruto mi alma» —empezó a citar nuevamente, con voz musical y retórica, blandiendo su copa de vino—. ¡Qué el diablo te ennegrezca, canalla con cara encremada! —exclamó cuando el vino se derramó por el borde.

—«Queda allí pendiendo, como fruto mi alma» —Cruttendon y Jacob recomenzaron los dos al mismo tiempo, y ambos explotaron de risa.

—Malditas sean estas moscas —dijo Mallinson, dando un golpecito en su cabeza calva—. ¿Por quién me toman?

—Por alguien fragante —dijo Cruttendon.

—Cállate Cruttendon —dijo Jacob—. Este caballero no tiene maneras —explicó a Mallinson muy educadamente—. Quiere impedir que la gente beba. Mira aquí. Yo quisiera chuleta asada. ¿Cómo se dice chuleta asada en francés? Chuleta asada, Adolphe. ¿Qué pasa, bobo, no entiendes?

—Y te diré, Flanders, la segunda cosa más bella que se ha escrito en toda la literatura —dijo Cruttendon, poniendo sus pies en el suelo e inclinándose sobre toda la mesa, de manera que su rostro casi tocaba el de Jacob.

—Tirintintín, el gato y el violín —interrumpió Mallinson, tamborileando con sus dedos sobre la mesa—. La más ex-qui-si-ta-men-te bella cosa en toda la literatura... Cruttendon es un muy buen compañero —comentó confidencialmente—, pero es un poco tonto. —Y empujó la cabeza hacia delante.

Bueno, ni una palabra de esto fue dicha a Mrs Flanders; ni de lo que pasó cuando pagaron la cuenta y dejaron el restaurante, y caminaron a lo largo del Boulevard Raspail.

Y he aquí otro extracto de conversación; la hora, alrededor de las once de la mañana; la escena, un estudio; el día, domingo.

—Te lo digo, Flanders —dijo Cruttendon— yo preferiría tener uno de esos pequeños cuadros de Mallinson que un Chardin. Y cuando yo digo eso... —estrujó la cola de un tubo raquítico— Chardin fue un gran hombre... Él los vende para pagar su cena hoy en día. Pero espera hasta que los marchantes de arte lo agarren. Un gran hombre... oh, un muy gran hombre.

—Es una vida extremadamente placentera —dijo Jacob— pasar el tiempo tramando algo. Pero es un arte estúpido, Cruttendon. —Él paseaba a través del cuarto—. Ahora está este tipo, Pierre Louÿs. —Tomó un libro.

—Ahora, mi buen señor, ¿se va a quedar en un sitio? —dijo Cruttendon.

—Este es un trabajo serio —dijo Jacob, colocando un lienzo sobre una silla.

—Oh, ese lo hice hace años —dijo Cruttendon, mirando sobre su hombro.

—En mi opinión eres un pintor extremadamente competente —dijo Jacob después de un momento.

—Ahora, si quieres ver lo que estoy tratando de hacer en este momento —dijo Cruttendon, poniendo un lienzo delante de Jacob—. Aquí. Ahí está. Es más bien así. Es... —torciendo el pulgar trazó un círculo alrededor de la bombilla pintada de blanco.

—Un trabajo extremadamente serio —dijo Jacob, extendiendo las piernas frente a él—. Pero lo que quisiera que me explicaras...

Miss Jinny Carslake, pálida, pecosa, mórbida, entró en el cuarto.

—Oh Jinny, aquí está un amigo mío. Flanders. Un inglés. Rico. Muy bien conectado. Continúa, Flanders...

Jacob no dijo nada.

—Es *esto*... esto no está bien —dijo Jinny Carslake.

—No —dijo Cruttendon decididamente—. Es imposible hacerlo.

Sacó el lienzo de la silla y lo colocó sobre el piso con la parte trasera mirando hacia ellos.

—Tomen asiento señoras y señores. Miss Carslake viene de la misma parte del mundo que tú, Flanders. De Devonshire. Oh, creía que habías dicho Devonshire. Muy bien. Ella es una hija de la iglesia también. La oveja negra de la familia. Su madre le escribe cada carta. Dime... ¿tienes alguna contigo? Llegan normalmente los domingos. Como si fuera una campana de la iglesia, ¿sabes?

—¿Has conocido a todos los pintores? —dijo Jinny—. ¿Mallinson estaba ebrio? Si tu vas a su estudio te dará una de sus pinturas. Dime, Teddy...

—Un segundo —dijo Cruttendon—. ¿En qué estación del año estamos? —Miró por la ventana.

—El domingo nos tomamos el día, Flanders.

—¿Va a ir...? —dijo Jinny, mirando a Jacob—. ¿Usted...?

—Sí, él vendrá con nosotros —dijo Cruttendon.

Y luego, he aquí Versalles. Jinny estaba parada al borde de la piedra y se inclinaba sobre el pantano, sostenida por los brazos de Cruttendon, que sino habría caído: —¡Allí, allí! —gritó ella—. Justo en la superficie. —Algunos peces indolentes con las espaldas borrosas habían montado de las profundidades para mordisquear las migajas—. Ahora miras tú —dijo ella, saltando abajo. Y luego la deslumbrante agua blanca, tumultuosa y comprimida, se proyectó por los aires. El chorro de agua se desplegó. A través de él, a lo lejos, vino el sonido de la música militar. Toda la superficie estaba tamizada de gotas. Una pelota azul dio un golpecito gentilmente en la superficie. ¡De qué manera todas las niñeras y los niños y los ancianos y los jóvenes se apiñaron al borde, se inclinaron y agitaron sus bastones! La pequeña muchacha corrió extendiendo sus brazos hacia la pelota, pero esta se hundió en la fuente.

Edward Cruttendon, Jinny Carslake y Jacob Flanders caminaron en fila a lo largo del camino amarillo de gravilla; continuaron por la hierba; pasaron así bajo los árboles; y desembocaron en la casa de verano donde María Antonieta acostumbraba tomar chocolate. Edward y Jinny entraron, pero Jacob esperó fuera, sentado sobre la empuñadura de su bastón. Ellos salieron.

—¿Y bien? —dijo Cruttendon, sonriendo a Jacob.

Jinny esperó; Edward esperó; y ambos miraron a Jacob.

—¿Y bien? —dijo Jacob, sonriendo y presionando su bastón con ambas manos.

—Vámonos —decidió, y tomó la ruta. Los otros lo siguieron, sonriendo.

Y entonces fueron al pequeño bar en la callejuela donde la gente se sienta a tomar café, mirando los soldados, depositando pensativa cenizas en los ceniceros.

—Pero él es totalmente diferente —dijo Jinny, rodeando con las manos la parte superior de su copa—. No supongo que sepas lo que Ted quiere decir cuando dice algo así —dijo ella, mirando a Jacob—. Pero yo lo sé. Algunas veces quisiera matarme. A veces él se queda en cama durante el día entero... simplemente se queda allí... No te quiero en el medio de la mesa —ella agitó sus manos. Palomas iridiscentes con el pecho hinchado se balanceaban alrededor de sus pies.

—Mira el sombrero de esa mujer —dijo Cruttendon—. ¿Cómo se

puede pensar en algo así?... No, Flanders, no creo que pudiera vivir como tú. Cuando uno camina a lo largo de esa calle, al frente del British Museum... ¿cómo se llama? Bueno, eso es lo que quiero decir. Son todas así. Esas mujeres gordas y ese hombre en medio de la calle como si fuera a tener un ataque...

—Todo el mundo les da de comer —dijo Jinny, ahuyentando las palomas con la mano—. Son unas pobres bestias estúpidas.

—Bueno, no sé —dijo Jacob, fumando su cigarrillo—. Está St Paul.

—Ir a una oficina, quiero decir —dijo Cruttendon.

—Maldita sea —protestó Jacob.

—Pero tú no cuentas —dijo Jinny, mirando a Cruttendon—. Tú estás loco. Quiero decir, tú solo piensas en la pintura.

—Sí, ya lo sé. No hay nada que pueda hacer. A propósito, ¿es que acaso el rey va a ceder con esa cuestión de los lores?

—Él está condenado a hacerlo —dijo Jacob.

—¡Ahí está! —dijo Jinny—. Él realmente está al tanto.

—Yo también lo estaría si pudiera —dijo Cruttendon—, pero simplemente no puedo.

—Yo *creo* que podría —dijo Jinny—. Es solo que está toda esa gente que a uno le disgusta y que lo hacen. En mi entorno, quiero decir. No hablan de otra cosa. Incluso gente como mi madre.

—Ahora bien, si yo vengo y vivo aquí... —dijo Jacob—. ¿Cuánto es lo que debo, Cruttendon? Ah, muy bien. Es como quieras. Estos pájaros estúpidos, cuando uno los desea... se han volado.

Y finalmente bajo las lámparas de la Gare des Invalides, con uno de esos extraños movimientos que son tan insignificantes y sin embargo tan precisos, que pueden herir o pasar desapercibidos pero que generalmente infligen gran malestar, Jinny y Cruttendon se aproximaron uno al otro; Jacob se mantuvo aparte. Tenían que separarse. Algo había que decir. Nada fue dicho. Un hombre empujando un carrito de equipaje pasó tan cerca de las piernas de Jacob que casi las rasguña. Cuando Jacob recuperó el equilibrio los otros dos estaban dando la vuelta, aunque Jinny miró por sobre su hombro, y Cruttendon, agitando la mano, desapareció como el gran genio que era.

No... a Mrs Flanders no le dijeron nada de esto, aunque Jacob pensaba, y uno puede decir esto sin riesgo, que nada en el mundo tenía más importancia; y, en cuanto a Cruttendon y Jinny, él pensó que eran la gente más remarcable que había conocido... estando incapacitado, por supuesto, para prever como se sentiría a lo largo del tiempo cuando a Cruttendon se le dio por pintar huertos; tuvo que mudarse a Kent; y debería, uno pensaría, ver a través de flores de manzano, dado que su esposa, por cuya causa lo hizo, huyó con un novelista; pero no; Cruttendon aún pinta huertos, salvajemente, solitario. Y por otra parte, Jinny Carslake, luego de su romance con Lefanu, el pintor americano, frecuentó filósofos indios, y ahora uno la encuentra en pensiones en Italia, protegiendo un pequeño joyero conteniendo guijarros ordinarios recogidos en la carretera. Pero si uno los mira atentamente, dice ella, la multiplicidad deviene una unidad, que es de alguna manera el secreto de la vida, aunque eso no le impide seguir con la vista los macarrones cuando pasan por la mesa, y alguna vez, en noches de primavera, ella cuenta los secretos más extraños a tímidos jóvenes ingleses.

Jacob no tenía nada que ocultar a su madre. Era simplemente que él mismo no podía encontrarle el sentido a su extraordinario entusiasmo, y en cuanto a poder ponerlo por escrito...

—Las cartas de Jacob se parecen tanto a él —dijo Mrs Jarvis, doblando la hoja.

—De hecho parece que está pasando... —dijo Mrs Flanders, e hizo una pausa, porque estaba cortando un vestido y tenía que enderezar el patrón— ...un tiempo muy agradable.

Mrs Jarvis pensó en París. A sus espaldas estaba la ventana abierta, porque era una noche templada; una noche calma; donde la luna parecía velada y los manzanos se tenían perfectamente quietos.

—Los muertos nunca me dan pena —dijo Mrs Jarvis, desplazando el almohadón en sus espaldas, y cruzando las manos detrás de la cabeza. Betty Flanders no oyó, porque sus tijeras hacían mucho ruido sobre la mesa.

—Descansan en paz —dijo Mrs Jarvis—. Y nosotros malgastamos nuestros días haciendo cosas inútiles y estúpidas sin saber por qué.

Mrs Jarvis no era querida en el pueblo.

—¿Usted nunca camina a esta hora de la noche? —le preguntó a Mrs Flanders.

—Es cierto que está maravillosamente templado —dijo Mrs Flanders.

Y sin embargo hacía años que no abría la puerta del huerto y salía por Dods Hill después de cenar.

—Está muy seco —dijo Mrs Jarvis, mientras cerraban la puerta del huerto y comenzaban a caminar sobre el césped.

—No quiero alejarme mucho —dijo Betty Flanders—. Sí, Jacob se irá de París el miércoles.

—Jacob me era siempre más amigable, de entre los tres —dijo Mrs Jarvis.

—Ahora, querida, ya no iré más lejos —dijo Mrs Flanders. Habían ascendido la oscura colina y alcanzado el campamento romano.

El terraplén se alzaba a sus pies... el círculo regular circundando el campamento o la tumba. ¡Cuántas agujas había perdido Betty Flanders allí! Y su broche de granates.

—Muchas veces está mucho más claro que esto —dijo Mrs Jarvis, parada al borde. No había nubes, y sin embargo había una niebla sobre el mar, y sobre los páramos. Las luces de Scarborough destellaban, como si una mujer luciendo un collar de diamantes volviera su cabeza de esta o aquella manera.

—¡Qué tranquilo que está! —dijo Mrs Jarvis.

Mrs Flanders frotaba el césped con la punta del pie, pensando en su broche de granates.

A Mrs Jarvis se le hacía difícil pensar en sí misma esta noche. Estaba tan calmo. No había viento; nada corriendo, flotando, escapando. Sombras negras se tenían inmóviles sobre los páramos plateados. Los tojos se tenían perfectamente quietos. Tampoco Mrs Jarvis pensó en Dios. Había una iglesia detrás de ellas, por supuesto. El reloj de la iglesia dio las diez. ¿Llegaron las campanadas hasta el tojo, o las escuchó la acacia?

Mrs Flanders se agachaba para tomar una piedra. A veces la gente encuentra cosas, pensó Mrs Jarvis, y sin embargo con esta brumosa luz de luna era imposible ver algo, excepto por los huesos, y algunas pedazos de caliza.

—Jacob lo había comprado con su propio dinero, y luego yo traje a Mr Parker para mostrarle el paisaje, y debe haber caído... —murmuraba Mrs Flanders.

¿Se movían los huesos, o las espadas oxidadas? ¿Formaba el broche de dos peniques y medio de Mrs Flanders parte para siempre de la rica acumulación? Y si todos los fantasmas acudían en manada y frotaban sus hombros con Mrs Flanders en el círculo, ¿no hubiera parecido que ella estaba perfectamente en su lugar, una matrona inglesa, haciéndose más corpulenta?

El reloj dio el cuarto de hora.

Las frágiles ondas del sonido quebraban entre los rígidos tojos y entre las ramitas de espinos blancos mientras el reloj de la iglesia dividía el tiempo en cuartos.

Inmóvil y con la espalda poderosa los páramos recibieron la declaración: «Han pasado quince minutos de la hora», pero no dieron respuesta, a menos que sea una zarza que se agita.

Y sin embargo aun con esta luz las leyendas de las lápidas podían leerse, voces breves diciendo: «Yo soy Bertha Ruck», «Yo soy Tom Gage». Y decían en qué día de qué año habían muerto, y el Nuevo Testamento dice algo para ellos, muy orgulloso, muy enfático, o algo consolador.

Los páramos también aceptaban eso.

La luz de luna cae como una página pálida sobre el muro de la iglesia, e ilumina la familia arrodillada en el nicho, y la placa adosada en 1780 en honor al señor de la parroquia que aliviaba al pobre, y creía en Dios... así va la voz mesurada a lo largo del rollo marmóreo, como si pudiera vencer al tiempo y al aire libre.

Ahora sale un zorro furtivamente por detrás de los arbustos de tojo.

Seguido, incluso de noche, la iglesia parece estar llena de gente. Los bancos están gastados y grasientos, y las sotanas en su lugar, y los himnarios sobre los estantes. Es una nave con toda su tripulación a bordo. Las vigas se tensan para poder sostener a los vivos y a los muertos, los labradores, los carpinteros, los caballeros cazadores de zorros y los granjeros oliendo a lodo y a brandy. Sus lenguas se reúnen silabeando las palabras cortantes, que separan para siempre al tiempo de los páramos de espalda poderosa. Queja y creencia y elegía, desesperación y triunfo, pero por la mayor parte el buen sentido y una indiferencia alegre se van por las ventanas en cualquier momento a correr por el campo desde hace quinientos años.

No obstante, como lo dijo Mrs Jarvis, comenzando a caminar sobre los páramos, «¡Qué silencioso está!». Silencioso al mediodía, excepto cuando la caza se dispersa a través de él; silencioso por la tarde, salvo por el avance a la deriva de las ovejas; por la noche el páramo es completamente silencioso.

Un broche de granates ha caído sobre la hierba. Un zorro camina lenta y furtivamente. Una hoja se recuesta sobre su costado. Mrs Jarvis, que tiene cincuenta años, reposa en el campamento en la brumosa luz de luna.

—... y además —dijo Mrs Flanders, enderezando su espalda—, nunca me importó Mr Parker.

—A mí tampoco —dijo Mrs Jarvis. Ellas comenzaron a caminar hacia la casa.

Pero sus voces flotaron por un momento sobre el campamento. La luz de luna no destruía nada. El páramo aceptaba todo. Tom Gage clama mientras su lápida perdura. Los esqueletos romanos están guardados a salvo. Las agujas para zurcir de Betty Flanders también están a salvo, y su broche de granates. Y algunas veces al mediodía, bajo la luz del sol, el páramo parece acaparar estos pequeños tesoros, como una niñera. Pero a la medianoche, cuando nadie habla o galopa, y la acacia se tiene perfectamente quieta, sería estúpido molestar al páramo con preguntas... ¿Qué? ¿Y por qué?

El reloj de la iglesia, sin embargo, da las doce.

Capítulo doce

El agua caía a plomo desde una cornisa... como una cadena con espesos eslabones blancos. El tren se perdía en un empinado prado verde, y Jacob vio los veteados tulipanes creciendo y oyó un pájaro cantando, en Italia.

Un automóvil lleno de oficiales corría a lo largo de la ruta y se tenía a la misma altura que el tren, levantando polvo detrás de él. Había árboles juntos, enlazados con viñas... como Virgilio decía. Aquí había una estación; en la que ocurrían tremendas despedidas, con mujeres en altas botas amarillas y extraños muchachos pálidos en medias rayadas. Las abejas de Virgilio se han ido por las planicies de la Lombardía. Era la costumbre de los antiguos entrelazar viñas entre los olmos. Luego, en Milán, había halcones con alas afiladas, de un marrón brillante, figuras recortadas sobre los techos.

Estos vagones italianos se ponen espantosamente calientes con el sol de la tarde sobre ellos, y es muy probable que antes que el motor haya tirado hasta lo alto del desfiladero la cadena rechinante se quiebre. Arriba, arriba, arriba va, como un tren en una via férrea de escenario. Cada pico está cubierto con árboles afilados, y asombrosos pueblos blancos se apiñan en las planicies. Siempre hay una torre blanca en la cima, techos planos fruncidos de rojo, y una escarpada caída por debajo. No es un país en el que uno camina después del té. Para empezar, no hay hierba. Una ladera completa puede estar plantada de olivos. Ya en abril la tierra se ha coagulado en polvo seco entre ellos. Y tampoco hay peldaños o caminos, o senderos cuadriculados por las sombras de las hojas, ni pensiones del siglo xviii con ventanas salientes, donde uno come jamón y huevos. Oh no, Italia es todo furia, vacío, exposición, y sacerdotes de negro arrastrando los pies a lo largo de las rutas. Es extraño, también, que uno nunca puede escaparse de las villas.

Aun así, viajar por cuenta propia, con cien libras para gastar, es una bella aventura. Y si su dinero se agota, como probablemente sucederá, continuará a pie. Él puede vivir a pan y vino... el vino en botellas de paja... porque después de recorrer Grecia iba a regalarse Roma. La civilización romana era un asunto muy inferior, sin duda. Pero, de todos modos, Bonamy decía muchas estupideces. «Tienes que ir a Atenas», le iba a decir a Bonamy cuando volviera. «Parado en el Partenón», le diría, o «las ruinas del Coliseo sugieren algunas reflexiones bastante sublimes», las que él describiría en detalle en cartas. Podría tornarse en un ensayo sobre la civilización. Una comparación entre los antiguos y los modernos, con algunos puntos agudos contra Mr Asquith... algo en el estilo de Gibbon.

Un hombre corpulento subió trabajosamente y entró, polvoriento, holgado, con cadenas de oro colgando, y Jacob, lamentando que él mismo no descendía de la raza latina, miró hacia fuera por la ventana.

Es una reflexión extraña decir que por haber viajado dos días y dos noches uno ya está en el corazón de Italia. Las villas aparecían accidentalmente entre los olivos; y los sirvientes regando cactus. Victorias negras circulaban entre las pomposas columnas donde se habían añadido escudos de yeso. Es al mismo tiempo fugaz y sorprendentemente íntimo... estar expuesto así a los ojos de un extranjero. Y hay una cumbre de colina solitaria donde nadie viene, y sin embargo yo la percibo, yo que bajaba hace poco tiempo por Piccadilly en ómnibus. Y lo que quisiera es salir a los campos, sentarme y escuchar los saltamontes, y tomar un puñado de tierra... tierra italiana, como lo es este polvo italiano sobre mis pies.

Jacob los oyó gritando extraños nombres en las estaciones de tren a lo largo de la noche. El tren se detuvo y él escuchó ranas croando muy cerca, y recogió la persiana cautelosamente y vio un extraño pantano, vasto, todo blanco a la luz de luna. El vagón estaba lleno de humo de cigarros que flotaba alrededor de la bombilla luminosa con la pantalla verde. El caballero italiano yacía roncando con sus botas sacadas y su chaleco desabotonado... Y todo este asunto de ir a Grecia se le antojaba a Jacob como una fatiga intolerable... encontrarse solo, sentado en los hoteles y mirar los monumentos... hubiera sido mejor ir a Cornualles con Timmy Durrant... «Oh...», protestó Jacob, cuando la oscuridad comenzó a quebrar frente a él y la luz a penetrar, pero el hombre estaba pasando cerca de él para obtener algo... el italiano gordo en mangas de camisa, sin afeitar, arrugado, obeso, estaba abriendo la puerta y saliendo para lavarse.

Y entonces Jacob se sentó, y vio un delgado cazador italiano, con un rifle, caminando a lo largo de la ruta en la luz temprana de la mañana, y toda la idea del Partenón le volvió a la mente en un instante.

«¡Dios mío!», pensó él, «¡ya casi debemos estar llegando!», y sacó la cabeza por la ventana y recibió el aire de lleno en la cara.

Es totalmente exasperante que veinticinco personas conocidas tengan espontáneamente algo pertinente para decir sobre el hecho de encontrarse en Grecia, mientras que para uno mismo ninguna emoción se produce, cualquiera que sea. Porque después de asearse en el hotel de Patras, Jacob había seguido las vías del tranvía alrededor de una milla; y las había seguido de vuelta alrededor de una milla; había encontrado varias manadas de pavos; varias hileras de asnos; se había perdido en calles secundarias; había leído avisos de corsés y de caldos Maggi; los niños le habían pisoteado los pies; el lugar olía a queso rancio; y se sintió reconfortado al encontrarse súbitamente al frente del hotel. Había una vieja copia del *Daily Mail* descansando entre las tazas de café; la que él leyó. ¿Pero qué podía hacer después de cenar?

No hay duda que, al fin de cuentas, estaríamos mucho peor que lo que estamos sin nuestro sorprendente don de la ilusión. Alrededor de los doce años de edad, habiendo dejado de lado las muñecas y habiendo roto nuestras locomotoras a vapor, Francia, pero más probablemente Italia, y la India casi con certeza, atraen la exuberante facultad de la imaginación. Las tías han estado en Roma; y cada uno tiene un tío que la última vez que se escuchó hablar de él, pobre hombre, estaba en Rangún. Ya nunca más vendrá. Pero es la institutriz la que comienza el mito griego. Mira esta cabeza (dicen ellas)... la nariz, ¿ves?, derecha como una flecha, rizos, cejas... todo lo apropiado a la belleza masculina; mientras que sus piernas y brazos tienen líneas en ellos que indican un grado perfecto de desarrollo... los griegos tenían tanto cuidado por el cuerpo como por el rostro. Y los griegos podían pintar las frutas de tal manera que los pájaros venían a picotearlas. Primero lees Jenofonte; luego Eurípides. Un día... lo que fue un gran evento, Díos mío... lo que la gente ha dicho parece tener sentido; «el espíritu griego»; el griego esto, aquello, y lo otro; aunque es absurdo, dicho sea de paso, decir que hay algún griego que se acerque a Shakespeare. El punto es, sin embargo, que nosotros hemos sido criados con esta ilusión.

Jacob, sin duda, pensó algo por el estilo, con el *Daily Mail* arrugado entre sus manos; sus piernas extendidas; la imagen misma del aburrimiento.

«Pero esta es la manera en la que somos criados», continuó.

Y todo le parecía muy desagradable. Algo tenía que hacerse al respecto. Y él pasó de estar moderadamente deprimido al estado de un hombre a punto de ser ejecutado. Clara Durrant lo había dejado en una fiesta para hablar con un americano llamado Pilchard. Y él había hecho todo el camino hasta Grecia y la había dejado. Ellos estaban vestidos de gala, y hablaban sinsentidos... malditos sinsentidos... y él extendió la mano para tomar el *Globe Trotter*, una revista internacional que es provista sin cargo a los propietarios de los hoteles.

A pesar de su condición desvencijada la Grecia moderna está muy avanzada en el sistema eléctrico de tranvías, tal es así que mientras Jacob se sentaba en la sala de estar del hotel los tranvías rechinaban, repicaban, sonaban, sonaban, sonaban imperiosamente para apartar los asnos del camino, y una anciana que rehúsaba moverse, justo debajo de las ventanas. La civilización entera estaba condenada.

El camarero era totalmente indiferente a eso también. Aristóteles, un hombre sucio, interesado carnívoramente en el cuerpo del único huésped que estaba ahora ocupando el único sillón, entró al cuarto ostentosamente, dejó algo, enderezó algo, y vio que Jacob estaba todavía allí.

—Necesitaría que mañana me despierten temprano —dijo Jacob, sobre su hombro—. Voy a Olimpia.

Esta melancolía, este abandono a las aguas oscuras que nos lamen, es una invención moderna. Tal vez, como Cruttendon decía, no creemos lo suficiente. Nuestros padres, en todo caso, tenían algo por demoler. Y es lo mismo para nosotros, pensó Jacob, arrugando el *Daily Mail* en su mano. Él iría al parlamento para decir bellos discursos... pero ¿de qué sirven los bellos discursos y el parlamento cuando uno se rinde una pulgada a las negras aguas? De hecho nunca ha habido una explicación al flujo y reflujo en nuestras venas... de la felicidad y la infelicidad. Ahora Jacob pensaba que era probable que esa respetabilidad, las fiestas vespertinas donde uno tiene que vestirse de etiqueta, y los desdichados tugurios detrás de Gray's Inn... realidad concreta, inamovible, y grotesca... eran la causa de todo esto. Pero además estaba el Imperio Británico que comenzaba a desconcertarlo; y él no estaba totalmente a favor de dar la Home Rule a Irlanda. ¿Qué decía el *Daily Mail* sobre eso?

Porque él se había convertido en un hombre, y estaba a punto de encontrarse inmerso en los asuntos mundanos... como la sirvienta, de hecho —vaciando su palangana arriba, manipulando llaves, gemelos, lápices y frascos de comprimidos esparcidos en el tocador—, ya lo sabía.

Que él se había convertido en un hombre era un hecho que Florinda ya sabía, como lo sabía todo, por instinto.

Y Betty Flanders incluso lo sospechaba, mientras leía su carta, despachada desde Milán: —No diciéndome —se quejaba a Mrs Jarvis— nada que ya no supiera —pero ella rumiaba el contenido.

Fanny Elmer lo experimentaba hasta la desesperación. Porque él hubiera tomado su bastón y su sombrero y hubiera caminado hacia la ventana, y lucido perfectamente ausente en su mente, y muy severo también, pensó ella.

—Me voy —diría él— a hacerme invitar una comida por Bonamy.

—De todos modos, puedo tirarme al Támesis —clamó Fanny, mientras pasaba con prisa por el Foundling Hospital.

«Pero no hay que confiar en el *Daily Mail*», se dijo Jacob, buscando con la mirada algo más que leer. Y suspiró nuevamente, estando de hecho tan profundamente melancólico que la melancolía misma debe haber estado alojada en él, ensombreciéndolo a todo momento, lo que era extraño en un hombre que experimentaba tanto placer por las cosas, no tenía una inclinación por el análisis, pero era terriblemente romántico, por supuesto, pensó Bonamy, en sus cuartos en Lincoln's Inn.

«Se enamorará», pensó Bonamy. «Alguna mujer griega con una nariz recta».

Es a Bonamy a quien Jacob escribió desde Patras... a Bonamy que no podía amar a las mujeres y nunca leía libros estúpidos.

Después de todo hay muy pocos buenos libros, porque uno no puede tomar en cuenta las historias dilatadas, los viajes en carretas a mula para descubrir las fuentes del Nilo, o la locuacidad de la ficción.

Me gustan los libros cuya virtud se sostiene en una página o dos. Me gustan las frases que no se desplazan incluso si ejércitos las atraviesan. Me gusta que las palabras sean duras... esas eran las opiniones de Bonamy, y le ganaron la hostilidad de aquellos cuyo gusto se inclina por los brotes nuevos de la mañana, que abren bien las ventanas, y encuentran las amapolas abriéndose al sol, y no pueden contener un grito de júbilo por la sorprendente fertilidad de la literatura inglesa. Bonamy no era para nada así. Que su gusto por la literatura afectaba sus amistades, y lo tornaba silencioso, reservado, fastidioso, y bastante cómodo solamente con uno o dos jóvenes que pensaban como él, eran las únicas cargas contra él.

Solo que Jacob Flanders no pensaba para nada como él... en absoluto, suspiró Bonamy, dejando las finas hojas de papel de cartas sobre la mesa y poniéndose a reflexionar, no por vez primera, sobre el carácter de Jacob.

El problema era esta vena romántica en él. «Pero mezclado con estupidez, lo cual lo conduce a estos dilemas absurdos», pensó Bonamy, «hay algo... algo...», suspiró, porque él apreciaba a Jacob más que a ninguna otra persona en este mundo.

Jacob fue a la ventana y se quedó parado con las manos en sus bolsillos. Allí vio tres griegos en fustanelas; los mástiles de los navíos; gente ociosa u ocupada de clase baja paseando o apresurándose, o bien reuniéndose en grupos y gesticulando con sus manos. La falta de interés que tenían por él no era la causa de su melancolía; sino una convicción más profunda... no era el hecho que él se encontraba solo, sino que todo el mundo lo está.

Con todo al otro día, mientras el tren circundaba una colina en su camino a Olimpia, las paisanas griegas estaban fuera, entre las viñas; los viejos hombres griegos estaban sentados en las estaciones, sorbiendo vino dulce. Y aunque Jacob seguía estando melancólico, él nunca había sospechado cuán enormemente agradable es estar solo; fuera de Inglaterra; a sus anchas; apartado de todo. En el camino a Olimpia hay ásperas colinas muy agudas; y entre ellas el mar azul en espacios triangulares. Un poco como la costa de Cornualles. Y ahora, irse a caminar solo todo el día... tomar esta vía y seguirla entre los arbustos... ¿o son pequeños árboles?... hasta la cima de esa montaña desde la cual uno puede ver la mitad de las naciones de la antigüedad...

—Sí —dijo Jacob, porque su compartimento estaba vacío—, miremos en el mapa. Que uno lo condene o lo elogie, no se puede negar la existencia del caballo salvaje dentro nuestro. Galopar desmedidamente; caer exhausto en la arena; sentir que la tierra da vueltas a toda velocidad; experimentar... decididamente... un ímpetu de amor por las piedras y las hierbas, como si la humanidad se hubiera extinguido, y en cuanto a los hombres y las mujeres que se mueran... no hay manera de superar el hecho que este deseo nos posee bastante seguido.

El aire de la tarde movió levemente las cortinas sucias en la ventana del hotel en Olimpia.

«Estoy lleno de amor por cada uno...», pensó Mrs Wentworth Williams, «por los pobres sobre todo... por los paisanos volviendo por la tarde con sus cargas. Y todo es suave y confuso y muy triste. Es triste, es triste. Pero todo tiene un sentido», pensó Sandra Wentworth Williams, levantando su cabeza un poco y luciendo muy bella, trágica y exaltada. «Uno debe amar todo».

Ella sostenía en la mano un pequeño libro cómodo para viajar... las historias de Chéjov... parada, velada, de blanco, en la ventana del hotel en Olimpia. ¡Qué hermosa era la tarde! Y la belleza de ella era la belleza de la tarde. La tragedia de Grecia era la tragedia de todas las almas nobles. El inevitable mutuo acuerdo. Ella parecía haber comprendido algo. Lo iba a poner por escrito. Y dirigiéndose hacia la mesa, a la cual su esposo estaba sentado leyendo, ella apoyó su mentón entre sus manos y pensó en los paisanos, en el sufrimiento, en su propia belleza, en el inevitable mutuo acuerdo, y en cómo ella iba a ponerlo por escrito. Y Evan Williams no dijo nada brutal, banal, o estúpido cuando cerró su libro y lo apartó para hacer lugar para los platos de sopa que ahora estaban siendo servidos frente a ellos. Solo sus caídos ojos de sabueso y sus pesadas y cetrinas mejillas expresaban su tolerancia melancólica, su convicción que aun forzado a vivir con circunspección y deliberación él nunca podría lograr ninguno de los objetivos que, como él bien sabía, son los únicos que vale la pena perseguir. Sus reflexiones eran íntegras; su silencio, intacto.

—Todo parece tener tanto significado —dijo Sandra. Pero con el sonido de su propia voz el encanto se quebró. Ella olvidó los paisanos. Solo quedó con ella el sentido de su propia hermosura, y frente a ella, afortunadamente, había un espejo.

«Soy muy hermosa», pensó ella.

Ella torció ligeramente su sombrero. Su esposo la vio mirándose al espejo; y concordó en que la belleza es importante; es una herencia; uno no puede ignorarla. Pero es una barrera; es, de hecho, más bien un fastidio. Así que él tomó su sopa; y mantuvo sus ojos fijos en la ventana.

—Codornices —dijo Mrs Wentworth Williams lánguidamente—. Y luego cabrito, supongo; y luego...

—Flan —dijo su esposo, en la misma cadencia, con su mondadientes ya listo.

Ella dejó su cuchara sobre su plato, y su sopa terminada a medias fue retirada. Nunca hacía algo sin dignidad; porque a ella le agradaba el tipo inglés que es tan griego, salvo que los pueblerinos ponen la mano sobre sus sombreros, el clero la venera; y que los maestros jardineros y los ayudantes de jardineros enderezan sus espaldas respetuosamente cuando ella baja de la amplia terraza el domingo por la mañana, retrasándose en las urnas de piedra con el primer ministro para tomar una rosa... la que, tal vez, estaba tratando de olvidar, mientras sus ojos vagaban por el salón comedor del albergue en Olimpia, buscando la ventana donde yacía su libro, donde hace unos minutos ella había descubierto algo... algo que había sido muy profundo, sobre el amor y la tristeza y los paisanos.

Pero fue Evan el que suspiró; no con desesperación ni tampoco por rebelión. Pero, siendo el más ambicioso de los hombres y, en cuanto al temperamento, el más indolente, él no había logrado nada; sabía la historia política de Inglaterra al dedillo y viviendo mucho tiempo en compañía de Chatham, Pitt, Burke y Charles James Fox no podía evitar medir la diferencia que había entre ellos y él y entre el siglo de ellos y el suyo. «Y sin embargo no ha habido un tiempo en el que los grandes hombres sean más necesarios», tenía el hábito de decirse a sí mismo, con un suspiro. Aquí estaba mondando sus dientes en un albergue en Olimpia. Él había terminado. Pero los ojos de Sandra se paseaban.

—Esos melones rosas son seguramente peligrosos —dijo él, con pesimismo. Y mientras hablaba la puerta se abrió y entró un hombre en traje gris a cuadros.

—Hermosos pero peligrosos —dijo Sandra, hablando inmediatamente con su marido cuando una tercera persona hizo acto de presencia. («Ah, un muchacho inglés de viaje», pensó para sí misma).

Y Evan sabía todo eso también.

Sí, él sabía todo eso; y la admiraba. Es muy agradable, pensó, tener aventuras. Pero en cuanto a él, entre su altura (Napoleón medía cinco pies y cuatro pulgadas, recordó), su corpulencia, su inhabilidad para imponer su propia personalidad (y sin embargo los grandes hombres son más que nunca necesarios, suspiró), no valía la pena. Él desechó su cigarro, se acercó a Jacob y le preguntó, con una cierta sinceridad simple que le agradó a Jacob, si había venido directamente desde Inglaterra.

—¡Qué inglés! —rio Sandra cuando el camarero les dijo a la mañana siguiente que el joven caballero había salido a las cinco para ascender la montaña—. Estoy segura que le pidió un baño… —a lo que el camarero agitó su cabeza y dijo que le iba a preguntar al gerente.

—No lo entiende —rio Sandra—. No tiene importancia.

Tendido sobre la cima de la montaña, absolutamente solo, Jacob sentía un inmenso bienestar. Probablemente nunca había sido tan feliz en toda su vida.

Pero durante la cena, esa noche, Mr Williams le preguntó si él quería ver el periódico; a continuación Mrs Williams le preguntaba (mientras se paseaban por la terraza fumando… y ¿cómo podía rechazar el cigarro de ese hombre?) si él había visto el teatro a la luz de luna; si conocía a Everard Sherborn; si sabía leer griego y si (Evan se levantó silenciosamente y fue hacia dentro) tuviera que sacrificar una literatura, la francesa o la rusa, cuál sería.

«Y ahora», escribió Jacob en su carta a Bonamy, «voy a tener que leer su maldito libro», su Chéjov, quería decir, porque ella se lo había prestado.

Aunque muchos no sean de la misma opinión parece lo suficientemente probable que los lugares ásperos, los campos demasiado llenos de guijarros como para ser arados, las ondeantes praderas submarinas a medio camino entre Inglaterra y América, nos son más convenientes que las ciudades.

Hay algo absoluto en nosotros que desdeña las restricciones. Esto es lo que es burlado y torcido en nuestra sociedad. La gente se encuentra en un salón. «Encantado...», dice alguien, «de conocerlo», y es una mentira. Y luego: «Ahora disfruto más de la primavera que del otoño. Es lo que sucede, pienso, cuando uno va envejeciendo». Porque las mujeres están siempre, siempre, siempre hablando sobre lo que uno siente, y si ellas dicen «cuando uno va envejeciendo», lo que esperan es que uno responda con algo que no tenga ninguna relación con lo dicho.

Jacob se sentó en la cantera de la cual los griegos habían extraído el mármol para el teatro. Da calor caminar por las colinas griegas al mediodía. Los salvajes ciclamenos rojos estaban abiertos; podía ver las tortuguitas rengueando de mata en mata; el aire olía fuerte y repentinamente dulce, y el sol, golpeando sobre las afiladas astillas de mármol, deslumbraba los ojos. Calmo, imponente, despectivo, un poco melancólico, y aburrido con una clase augusta de aburrimiento, allí se sentó él a fumar su pipa.

Bonamy habría dicho que esta era la clase de cosa que lo inquietaba... cuando estaba abatido, Jacob se parecía a un pescador de Margate sin trabajo, o a un almirante británico. Era imposible hacerle comprender lo que sea cuando se encontraba en ese estado de humor. Lo mejor era dejarlo solo. Él estaba embotado. Predispuesto a gruñir.

Se había levantado muy temprano, mirando las estatuas con su guía Baedeker.

Sandra Wentworth Williams, recorriendo el mundo antes del desayuno en busca de aventura o de un buen punto de vista, toda de blanco, no tan alta tal vez, pero erguida fuera de lo común... Sandra Williams descubrió la cabeza de Jacob a la misma altura que la cabeza del Hermes de Praxíteles. La comparación lo favorecía. Pero, antes que ella pudiera decir una sola palabra, él se había ido para el museo y la había dejado.

No obstante, una dama a la moda viaja con más de un vestido, y si el blanco va bien con las horas matutinas, tal vez un amarillo arenoso con lunares púrpuras en él, un sombrero negro y un volumen de Balzac, van bien por la tarde. Así estaba ella arreglada en la terraza cuando Jacob llegó. Lucía muy bella. Cavilaba con sus manos cruzadas, parecía escuchar a su esposo, parecía mirar los paisanos descendiendo con haces de madera en sus espaldas, parecía notar cómo la colina cambiaba de azul a negro, parecía discriminar entre la verdad y la falsedad, pensó Jacob, cruzando sus piernas súbitamente, al darse cuenta del desaliño extremo de sus pantalones.

—Pero él parece tan distinguido —decidió Sandra.

Y Evan Williams, recostándose en su silla con el periódico sobre las rodillas, los envidió. Lo mejor que él podía lograr era publicar, en Macmillans, su monografía sobre la política exterior de Chatham. Pero maldito sea este sentimiento tumefacto y nauseabundo... esta inquietud, esta hinchazón y este calor... ¡eran celos!, ¡celos!, ¡celos!, exactamente lo que él había jurado que no iba a volver a tener.

—Venga con nosotros a Corinto, Flanders —dijo él con más energía que de costumbre, deteniéndose cerca de la silla de Jacob. Él sintió alivio por la respuesta de Jacob, o más bien por la manera sólida, directa, aunque tímida, en la cual este último dijo que con mucho gusto iría con ellos a Corinto.

«He aquí un compañero», pensó Evan Williams, «que puede tener éxito en la política».

«Tengo la intención de venir a Grecia cada año, mientras esté con vida», escribió Jacob a Bonamy. «Es la única posibilidad que veo para que uno se proteja de la civilización».

«Dios sabrá lo que quiere decir con eso», suspiró Bonamy. Porque él nunca había dicho algo torpe, esos dichos oscuros de Jacob lo inquietaban, y con todo estaba impresionado de alguna manera, con la inclinación que él tenía por lo definido, lo concreto y lo racional.

Nada podía ser mucho más simple que lo que Sandra dijo mientras descendía el Acrocorinto, siguiendo el senderito, mientras Jacob caminaba a largos pasos en un terreno más áspero a su lado. Ella había quedado huérfana de madre a los cuatro años; y su finca era vasta.

—Parecía que uno no iba a poder salir nunca —rio ella. Por supuesto estaban la biblioteca y el querido Mr Jones, y uno tenía ciertas nociones de las cosas—: Tenía la costumbre de aventurarme por la cocina y sentarme sobre las rodillas del mayordomo —rio ella, con tristeza, sin embargo.

Jacob pensó que si él hubiera estado allí la habría salvado; porque ella había estado expuesta a graves peligros, sintió él, y, pensó para sí mismo, «la gente no entendería que una mujer hable como lo hace ella».

Ella ponía poca atención en la aspereza de la colina; y él vio que ella llevaba calzones cortos bajo sus escuetas faldas.

«Las mujeres como Fanny Elmer no lo hacen», pensó él. «Esta tal Carslake no lo hacía; y sin embargo pretenden que...».

Mrs Williams decía las cosas directamente. Él estaba sorprendido de su propio conocimiento de las normas de conducta; cuánto más puede decir uno de lo que uno cree; qué tan abierto uno puede ser con una mujer; y qué tan poco él se había conocido a sí mismo hasta ahora.

Evan se unió a ellos; y mientras ellos continuaron en tren, colina arriba y colina abajo (porque Grecia está en un estado de efervescencia, y sin embargo sorprendentemente cuidada, una tierra sin árboles, donde uno ve la tierra entre la hierba, cada colina cortada y formada y delineada a menudo contra chispeantes aguas de azul oscuro, islas blancas como la arena flotando sobre el horizonte, bosquecillos ocasionales de palmeras levantándose en los valles, que están sembrados con cabras negras, manchados con pequeños olivos y que tienen a veces hondonadas blancas, rayadas y entrecruzadas, a sus lados), mientras continuaban colina arriba y abajo él fruncía el seño en un rincón del compartimento, con su puño cerrado tan firmemente que la piel se estiraba entre los nudillos y los vellos se mantenían erguidos. Sandra estaba sentada frente a él, dominante, como una Victoria preparada para tomar vuelo por los aires.

«¡Sin corazón!», pensó Evan (lo que no era cierto).

«¡Sin cerebro!», sospechó (y tampoco era cierto). «¡Y sin embargo...!», él la envidiaba.

Cuando llegó la hora de acostarse Jacob constató que escribirle a Bonamy era una dificultad. Y sin embargo había visto Salamina, y Maratón a la distancia. ¡Pobre viejo Bonamy! No; había algo extraño acerca de esto. Él no podía escribir a Bonamy.

«Iré a Atenas de todos modos», decidió, pareciendo muy determinado, con el arpón clavado en la carne.

Los Williams ya habían estado en Atenas.

Atenas es aún capaz de impactar a un joven como la más extraña de las combinaciones, el ensamble más incongruente. Ora es provincial; ora inmortal. Ora joyería barata continental es expuesta sobre bandejas de felpa. Ora se yerguen majestuosas mujeres desnudas, salvo por una ola de paño sobre la rodilla. A él le es imposible dar una forma a sus sensaciones mientras se pasea, una tarde ardiente, a lo largo del bulevar estilo parisino y evita un landó real que, luciendo indescriptiblemente desvencijado, repta a lo largo de la calzada llena de baches, saludado por ciudadanos de ambos sexos, vestidos con sombreros combados y trajes continentales baratos; aun si un pastor en fustanela, capa, y polainas conduce muy cercano su horda de cabras entre las ruedas reales; y a toda hora la Acrópolis surge en el aire, se levanta a sí misma por encima de la ciudad, como una gran onda inmóvil con las columnas amarillas del Partenón firmemente plantadas sobre ella.

Las amarillas columnas del Partenón se ven a todas horas del día firmemente plantadas sobre la Acrópolis; aunque a la puesta del sol, cuando las naves en el Pireo detonan sus cañones, una campana suena, un hombre en uniforme (con el chaleco desabotonado) aparece y las mujeres enrollan las medias negras que están tejiendo a la sombra de las columnas, llaman a los niños y descienden en tropilla la colina de retorno a sus casas.

Allí están de nuevo, los pilares, el frontón, el templo de la Victoria y el Erecteón, posados sobre una roca leonada hendida de sombras; desde el instante en que uno abre las persianas por la mañana, apoyado en su marco, se escucha el estrépito, el clamor, el látigo chasqueando debajo, en la calle. Allí están.

La extrema claridad con la que se alzan, de pronto un blanco brillante, amarillo de nuevo, rojos bajo ciertas luces, impone ideas de perdurabilidad, de la emersión a través de la tierra de alguna energía espiritual que se disipa en otras partes en elegantes nimiedades. Pero esta perdurabilidad existe totalmente independiente de nuestra admiración. Aunque la belleza es lo suficientemente humana como para enternecernos, para remover el profundo depósito de lodo... recuerdos, abandonos, lamentos, devociones sentimentales... el Partenón está separado de todo esto; y si uno considera cómo se ha alzado durante toda la noche, por siglos, uno empieza a conectar el resplandor (al mediodía el brillo es deslumbrante y el friso se vuelve casi invisible) con la idea que, tal vez, es solo la belleza la que es inmortal.

Sumado a esto, comparado con el estuco agrietado, las nuevas canciones de amor chirriadas desde el rasgueo de guitarras y gramófonos, y los móviles pero insignificantes rostros de la calle, el Partenón es realmente sorprendente en su silenciosa calma; esta es tan rotunda que, lejos de ser decadente, el Partenón parece, por el contrario, probablemente sobrevivir al mundo entero.

—Y los griegos, como hombres sensibles, nunca se tomaron la molestia de terminar la espalda de sus estatuas —dijo Jacob, cubriendo sus ojos y observando que el costado de la figura oculto a la vista es dejado en bruto.

Él notó la leve irregularidad al alinear los peldaños, la que «el sentido artístico de los griegos les hacía preferir a la precisión matemática», leyó en su guía.

Él se detuvo en el punto exacto donde antes se encontraba la gran estatua de Atenea, e identificó los lugares más célebres en el paisaje que se le ofrecía debajo.

En resumen, él fue preciso y diligente; pero profundamente taciturno. Por otra parte estaba fastidiado por los guías. Esto fue un lunes.

Pero el miércoles escribió un telegrama a Bonamy, diciéndole que venga inmediatamente. Y luego lo arrugó en su mano y lo tiró a la alcantarilla.

«En primer lugar, no creo que venga», pensó. «Y luego apuesto a que esta clase de cosas termina por pasar». «Esta clase de cosas» es este preocupante y doloroso sentimiento, algo así como el egoísmo... uno casi desea que la cosa se detenga... está llegando más y más allá de lo que es posible... «Si continúa mucho tiempo más no voy a poder superarlo... pero si alguien más estuviera analizando el problema conmigo al mismo tiempo... Bonamy está encerrado entre cuatro paredes en Lincoln's Inn... oh, digo, que se vayan al diablo, digo...», la vista de Himeto, Pentélico, Licabeto por un lado y el mar por el otro, cuando uno está parado en el Partenón a la puesta del sol, el cielo emplumado de rosa, la planicie de todos los colores, el mármol leonado llenando los ojos, se torna opresiva. Afortunadamente Jacob tenía poco sentido para las asociaciones personales; raramente pensaba en Platón o Sócrates en carne y hueso; por el otro lado su sensibilidad por la arquitectura era muy fuerte; él prefería las estatuas antes que las pinturas; y había comenzado a pensar mucho acerca de los problemas de la civilización, que fueron resueltos, por supuesto, tan remarcablemente por los antiguos griegos, aunque su solución no nos ayuda para nada a nosotros. Y entonces el arpón le dió un gran tirón en su costado mientras descansaba en su cama el miércoles por la noche; y se tornó y dio una voltereta desesperada, recordando a Sandra Wentworth Williams, de quien estaba enamorado.

Al día siguiente ascendió el Pentélico.

Un día después subió a la Acrópolis. Era una hora temprana; el lugar estaba casi desierto; y tal vez había una tormenta en el aire. Pero el sol daba de lleno sobre la Acrópolis.

La intención de Jacob era sentarse y leer, y, encontrando un fuste de mármol en un lugar conveniente, desde el cuál uno podía ver Maratón, aunque a la sombra, mientras el Erecteón resplandecía blanco frente a él, allí se sentó. Y luego de leer una página puso su pulgar en el libro. ¿Por qué no gobernar los países de la manera en la que tienen que ser gobernados? Y continuó leyendo.

Sin dudas la posición que ocupaba, con la vista de Maratón, de alguna manera levantó su espíritu. O pudo ser que una mente indolente pero vasta tiene estos momentos de floración. O bien, insensiblemente, mientras estaba en el extranjero, había adquirido el hábito de pensar en la política.

Y luego, levantando los ojos y viendo la nitidez de los contornos, sus meditaciones adquirieron una agudeza extraordinaria; Grecia estaba terminada; el Partenón en ruinas; y sin embargo allí estaba él.

(Damas con paraguas verdes y blancos pasaban por el terraplén... damas francesas de camino a reunirse con sus maridos en Constantinopla).

Jacob retomó la lectura. Y posando su libro sobre el suelo empezó, como si estuviera inspirado por lo que había leído, a escribir una nota acerca de la importancia de la historia... sobre la democracia... uno de esos garabatos sobre los cuales la obra de toda una vida puede estar basada; o bien que cae de un libro veinte años después, y uno no recuerda ni una palabra. Es un poco doloroso. Sería mejor si uno lo quemara.

Jacob escribía; comenzó a dibujar una nariz recta; y en ese momento las damas francesas abrieron y cerraron sus paraguas allí abajo y exclamaron, mirando el cielo, que uno no sabía qué esperar... ¿lluvia o buen tiempo?

Jacob se irguió y se paseó por el Erecteón. Había varias mujeres paradas, sosteniendo el techo sobre sus cabezas. Jacob se enderezó levemente; en efecto la estabilidad y el balance afectan primero al cuerpo. ¡Estas estatuas tenían tanto poder para anular las cosas! Él las miró fijamente, luego dio una vuelta, y allí estaba Madame Lucien Gravé inclinada sobre un bloque de mármol con su Kodak apuntando a la cabeza de Jacob. Por supuesto, ella descendió de un salto, a pesar de su edad, su figura, y sus botas apretadas... habiéndose, ahora que su hija estaba casada, abandonado voluptuosamente, y a su modo, bastante grandioso, a la grotesca carne; ella descendió de un salto, pero no antes que Jacob la viera.

«Malditas sean estas mujeres... malditas sean estas mujeres», pensó él. Y se fue a buscar su libro, que había dejado apoyado sobre el suelo del Partenón.

—Cómo arruinan todo —murmuró él, apoyándose sobre una de las columnas, presionando su libro fuertemente entre el brazo y el costado. (En cuanto al tiempo, no hay duda que la tormenta se iba a desatar pronto; Atenas se encontraba debajo de una nube).

—Es por culpa de estas malditas mujeres —dijo Jacob, sin ninguna traza de amargura, más bien con tristeza y desilusión por lo que hubiera podido ser, y nunca lo fue.

(Esta violenta desilusión puede esperarse generalmente en jóvenes en la flor de la vida, fuertes y sanos, que van a convertirse pronto en padres de familia y directores de banco).

Luego, habiéndose asegurado que las mujeres francesas se habían ido, y mirando cuidadosamente a su alrededor, Jacob se paseó sobre el Erecteón y miró furtivamente a la diosa a su mano izquierda, sosteniendo el techo sobre su cabeza. Le recordaba a Sandra Wentworth Williams. La miró, y luego apartó la vista. La miró, y luego apartó la vista. Él estaba extraordinariamente emocionado, y con la nariz griega estropeada sobre su cabeza, con Sandra en su cabeza, toda suerte de cosas en su cabeza, comenzó a caminar cuesta arriba, hacia la cima del monte Himeto, solo, en medio del calor.

Esa misma tarde Bonamy fue —expresamente a hablar acerca de Jacob— a tomar el té con Clara Durrant en la plaza detrás de Sloane Street donde, en los calurosos días de primavera, hay persianas a rayas sobre las ventanas delanteras, caballos aislados piafando el macadán delante de las puertas, y caballeros ancianos en chalecos amarillos haciendo sonar las campanas y entrando muy educadamente cuando la criada replica, bajando la vista, que Mrs Durrant está disponible.

Bonamy se sentó con Clara en el soleado cuarto delantero, con el organillo tocando dulcemente fuera; el carro del agua avanzando suavemente, rociando el pavimento; los carros tintineando, y con toda la plata y la cretona, mantas marrones y azules y jarrones llenos con ramas verdes, rayados con temblantes barras amarillas.

La insipidez de lo que fue dijo no necesita ilustración... Bonamy se mantuvo gentil, dando respuestas silenciosas y acumulando admiración a una existencia estrujada y emasculada en un zapato de satén blanco (Mrs Durrant, mientras, sostenía una estridente discusión sobre política con Sir Fulano en el cuarto trasero) hasta que la virginidad del alma de Clara se le presentó, cándida; las profundidades, desconocidas; y él hubiera deslizado el nombre de Jacob si no hubiera sentido como indudablemente cierto que Clara lo amaba... y no había nada que pudiera hacerse al respecto.

—¡Absolutamente nada! —exclamó él, mientras la puerta se cerraba, y, para un hombre de su temperamento, experimentando un sentimiento muy extraño, mientras cruzaba el parque, de carros manejados irresistiblemente; de canteros de flores inflexiblemente geométricos; de fuerza corriendo alrededor de los patrones geométricos en la más insensata de las maneras en el mundo. «¿Era Clara...», pensó, haciendo una pausa para mirar los muchachos bañándose en el Serpentine, «la mujer silenciosa?... ¿se casaría Jacob con ella?».

Pero en Atenas, bajo la luz del sol, en Atenas, donde es casi imposible conseguir un té de media tarde, y los ancianos caballeros que hablan de política entienden todo al revés, en Atenas se sentaba Sandra Wentworth Williams, velada, de blanco, con las piernas extendidas frente a ella, un codo sobre el brazo de la silla de bambú; nubes azules ondeando y yéndose a la deriva salían de su cigarrillo.

Los naranjos que florecen en la Plaza de la Constitución, la banda, los pies arrastrados, el cielo, las casas, coloreados de limón y rosa... todo esto se hizo tan significativo para Mrs Wentworth Williams después de su segunda taza de café que ella empezó a representarse la historia de la noble e impulsiva señora inglesa que ofreció un asiento en su carruaje a la vieja señora americana en Micenas (Mrs Duggan)... para nada una historia inventada, aun si no nombraba a Evan, parado en un pie, luego en el otro, esperando que las mujeres terminaran de charlar.

—Estoy poniendo la vida del Padre Damián en verso —dijo Mrs Duggan, porque había perdido todo... todo en el mundo, marido e hijo y todo, pero la fe permanecía.

Sandra, oscilando del particular al universal, se reclinó en estado de trance.

El tiempo que vuela, y que nos apresura tan trágicamente; el eterno afán y zumbido, ahora estallando en una llamarada furiosa como esas pequeñas pelotas amarillas entre las hojas verdes (ella miraba los naranjos); besos sobre labios que van a morir; el mundo girando, girando en laberintos de calor y sonido... aunque de seguro está la tarde silenciosa con su encantadora palidez, «porque yo soy sensible a cada aspecto», pensó Sandra, «y Mrs Duggan me escribirá siempre, y yo responderé sus cartas». Ahora la banda real que pasa marchando con la bandera nacional desata ondas de emoción aun más profundas, y la vida se convertía en la montura sobre la que cabalgan los bravos y corren hacia el mar... los cabellos tirados hacia atrás (así lo visualizaba ella, y la brisa apenas se agitaba entre los naranjos) y ella misma emergía de la espuma plateada... cuando vio a Jacob. Él estaba parado en la plaza, con un libro bajo el brazo, paseando la mirada a su alrededor con un aire ausente. Que tenía una contextura fuerte y se haría corpulento con el tiempo era un hecho.

Pero ella sospechó que no fuera más que un pueblerino.

—Allí está ese joven —dijo ella, malhumorada, tirando el cigarrillo—, ese Mr Flanders.

—¿Dónde? —dijo Evan—. No lo veo.

—Oh, alejándose... detrás de los árboles ahora. No, no puedes verlo. Pero seguro que nos tropezamos con él —lo cual, por supuesto, sucedió.

¿Pero hasta qué punto era él un simple pueblerino? ¿Hasta qué punto era Jacob Flanders, a sus veinteséis años, estúpido? No tiene sentido tratar de resumir la gente. Uno tiene que seguir pistas, no exactamente lo que se dice, ni tampoco enteramente lo que se hace. Algunos, es cierto, toman inmediatamente imágenes inalterables del carácter. Otros toman su tiempo, merodean y son llevados por este camino o el otro. Las viejas damas nos aseguran que los gatos son seguido los mejores jueces del carácter. Un gato siempre se acercará a un buen hombre, dicen; sin embargo Mrs Whitehorn, la locadora de Jacob, detestaba los gatos.

También existe la altamente respetable opinión según la cual evaluar el carácter es en nuestros días un ejercicio exagerado. Después de todo, ¿qué importa... que Fanny Elmer sea todo sentimiento y sensación y Mrs Durrant sea dura como el hierro?, que Clara, debido (así dicen los que evalúan el carácter) a la gran influencia de su madre, no ha tenido aún la oportunidad de hacer algo por su propia voluntad, y solo para los ojos muy observadores exponía una profundidad de sentimiento que era verdaderamente alarmante; y se entregaría seguramente a alguien que no la merecía uno de estos días a menos que, así dicen los que evalúan el carácter, tuviera una chispa del espíritu de su madre en ella... algo, de alguna manera, heroico. ¡Pero qué término para aplicar a Clara Durrant! Simple en cierto grado, piensan otros de ella. Y esta es la razón misma por la que, así dicen, atrae a Dick Bonamy... ese joven con nariz *à la* Wellington. Ahora *él es* una incógnita, si uno así lo quiere. Y en ese momento estos cotilleos se detendrán súbitamente. Obviamente ellos hacían alusión a su inclinación particular... que hace mucho se rumoreaba entre ellos.

—Pero a veces es precisamente una mujer como Clara lo que necesitan los hombres de temperamento... —dejaría entender Miss Julia Eliot.

—Bueno —respondería Mr Bowley—, eso puede ser.

Por más largos que sean estos cotilleos, y como sea que ellos atiborren los caracteres hasta que se hinchen y se enternezcan como hígados de gansos expuestos a fuego alto, nunca llegan a una conclusión.

—Ese joven, Jacob Flanders —dirán ellos—, que luce tan distinguido... y al mismo tiempo tan extraño. —... Y entonces se ocuparán de Jacob y oscilarán eternamente entre los dos extremos. Andaba de caza... hasta cierto punto, porque no tenía un centavo.

—¿Alguno vez supo quién era su padre? —preguntó Julia Eliot.

—Su madre, dicen, está conectada de alguna manera con los Rocksbier —contestó Mr Bowley.

—En todo caso no se fatiga mucho trabajando.

—Sus amigos lo quieren mucho.

—¿Dick Bonamy, quiere decir?

—No, no me refería a él. Evidentemente es todo lo contrario en lo que respecta a Jacob. Él es precisamente el joven del cual uno se enamora perdidamente y se arrepiente luego toda la vida.

—¡Oh, Mr Bowley! —dijo Mrs Durrant, interrumpiéndolo con sus maneras imperiosas— ¿recuerda a Mrs Adams? Bueno, esta es su sobrina. —Y Mr Bowley, irguiéndose, se inclinó educadamente y recogió unas fresas.

Y así uno se encuentra conducido a considerar lo que el otro lado quiere implicar... los hombres en los clubes y los gabinetes... cuando dicen que trazar un carácter es un frívolo arte de salón, una cuestión de agujas y alfileres, contornos exquisitos encerrando un vacío, florituras, y meros garabatos.

Los barcos de batalla se desplegan en el Mar del Norte, manteniendo sus posiciones perfectamente alineadas. A una señal dada todas las armas son apuntadas a un blanco que (el maestro artillero cuenta los segundos, con el reloj en la mano, cuando llega a seis alza la vista) arde y vuela en pedazos. Con el mismo descuido una docena de jóvenes en el esplendor de la vida descienden con rostros calmos en las profundidades del océano; y allí, impasibles (aunque con perfecta maestría para la maquinaria) se sofocan juntos sin una queja. Como con bloques de soldados de plomo de infantería, cubre la armada los campos de trigo, avanza por el flanco de la colina, se detiene, carretea un poco por este o aquel lado, y se tira a tierra, salvo que, con los binoculares, puedan ver que una o dos piezas se agitan hacia arriba y hacia abajo como fragmentos de palillos de fósforos quebrados.

Estas acciones, junto con el comercio incesante de bancos, laboratorios, cancillerías, y casas de negocios, son los golpes de remo que hacen avanzar al mundo, dicen. Y son dados por hombres esculpidos tan suavemente como los policías en Ludgate Circus. Pero uno observa que lejos de tener un rostro redondo, este es rígido a causa de la fuerza de voluntad, y delgado a causa de los esfuerzos para mantenerse así. Cuando su brazo derecho se levanta, toda la fuerza en sus venas fluye directamente desde el hombro hasta la punta de los dedos; ni una onza se desvía en impulsos súbitos, lamentos sentimentales, distinciones sutiles. Los ómnibus se detienen puntualmente.

Es así que vivimos, dicen, conducidos por una fuerza inaprehensible. Ellos dicen que los novelistas no la capturan jamás; va avanzando, pasa por sus tramas y las convierte en andrajos. Esto, dicen, es por lo que vivimos... esta fuerza inaprehensible.

—¿Dónde están los hombres? —dijo el viejo General Gibbons, mirando alrededor del salón, lleno como de costumbre, los domingos por la tarde, de gente bien vestida—. ¿Dónde están los cañones?

Mrs Durrant miró también.

Clara, pensando que su madre la llamaba, se acercó; luego partió nuevamente.

Estaban hablando sobre Alemania en casa de los Durrant, y Jacob (conducido por la fuerza inaprehensible) caminaba rápidamente por la calle Hermes cuando se topó directamente con los Williams.

—¡Oh! —exclamó Sandra, con una cordialidad que sintió repentinamente. Y Evan agregó—: ¡Qué suerte!

La cena que le invitaron en el hotel que da a la Plaza de la Constitución fue excelente. Canastillas de metal plateado conteniendo panes recién horneados. La mantequilla era auténtica. Y la carne apenas si necesitaba el disfraz de innumerables vegetales rojos y verdes glaseados en la salsa.

Sin embargo era extraño. Había pequeñas mesas dispuestas a intervalos sobre el suelo escarlata con el monograma del rey griego labrado en amarillo. Sandra cenó con sombrero, y velada, como de costumbre. Evan miraba hacia este y aquel lado por encima del hombro; imperturbable pero complaciente; y a veces suspiraba. Era extraño. Porque eran ingleses reunidos en Atenas una noche de mayo. Jacob, sirviéndose esto y aquello, respondía inteligentemente, pero con una inflexión en la voz.

Los Williams partían para Constantinopla a la mañana siguiente, dijeron.

—Antes que usted se levante —dijo Sandra.

Dejarían solo a Jacob, entonces. Apenas tornándose, Evan ordenó algo... una botella de vino... de la que sirvió a Jacob, con una suerte de solicitud, una suerte de solicitud paternal, si tal cosa es posible. Ser dejado solo... eso era bueno para un joven. Nunca hubo un tiempo en el que país necesitara más de sus hombres. Suspiró.

—¿Ha estado en la Acrópolis? —preguntó Sandra.

—Sí —dijo Jacob. Y fueron hacia la ventana juntos, mientras Evan hablaba con el jefe de comedor, pidiéndole que lo despierten temprano.

—Es sorprendente —dijo Jacob con vos ronca.

Sandra abrió ligeramente los ojos. Tal vez sus narinas se expandieron un poco también.

—A las seis y media —dijo Evan, viniendo hacia ellos, parecía que se enfrentaba a algo al encarar a su esposa y a Jacob, parados, con sus espaldas dando a la ventana.

Sandra le sonrió.

Y, mientras él iba hacia la ventana y no tenía nada para decir ella añadió, en oraciones entrecortadas:

—Pero, qué encantador sería... ¿no es cierto? La Acrópolis, Evan... ¿o estás muy cansado?

En ese momento Evan los miró, o, dado que Jacob ya estaba mirando fijamente, miró a su mujer, hosco, con resentimiento, y sin embargo con una cierta angustia... no que ella fuera a apiadarse de él. Ni tampoco el implacable espíritu del amor, no importa lo qué el pudiera hacer, abandonaría sus torturas.

Lo dejaron y él se sentó en el salón de fumadores, que mira hacia la Plaza de la Constitución.

—Evan es más feliz cuando está solo —dijo Sandra—. Nos han dejado sin periódicos. Bueno, es mejor que la gente tenga lo que desea...

Usted ha visto todas estas cosas desde que nos encontramos... Qué impresión... Creo que usted ha cambiado.

—Usted quiere ir a la Acrópolis —dijo Jacob—. Por aquí arriba, entonces.

—Uno recordará esto toda la vida —dijo Sandra.

—Sí —dijo Jacob—. Desearía que usted hubiera podido venir durante el día.

—Esto es más maravilloso —dijo Sandra, agitando su mano.

Jacob la miró de manera imprecisa.

—Pero usted debería ver el Partenón durante el día —dijo él—. ¿No puede venir mañana... sería demasiado temprano?

—¿Usted ha estado sentado ahí solo por horas y horas?

—Había algunas mujeres horribles esta mañana —dijo Jacob.

—¿Mujeres horribles? —repitió Sandra.

—Francesas.

—Pero algo más maravilloso ha sucedido —dijo Sandra. Diez minutos, quince minutos, media hora... ese era todo el tiempo que ella tenía por delante.

—Sí —dijo él.

—Cuando uno tiene su edad... cuando uno es joven. ¿Que hará usted? Se enamorará... ¡oh sí! Pero no se apresure demasiado. Soy mucho más vieja.

Ella fue apartada de la acera por unos hombres en formación.

—¿Continuamos? —preguntó Jacob.

—Continuemos —insistió ella.

Porque ella no podía parar hasta que le hubiera dicho... u oído decir... o ¿era alguna acción de su parte lo que ella requería? Lejos en el horizonte lo discernió y no pudo estar tranquila.

—Uno no logrará nunca que los ingleses se sienten al aire libre como lo hacen aquí —dijo él.

—Nunca... no. Cuando usted haya regresado a Inglaterra no podrá olvidar esto... ¡o venga con nosotros a Constantinopla! —gritó súbitamente.

—Pero entonces...

Sandra suspiró.

—Usted tiene que ir a Delfos, por supuesto —dijo ella. «Pero», se preguntó a sí misma, «¿qué quiero de él? Tal vez hay algo que he pasado por alto...».

—Usted llegará allá a eso de las seis de la tarde —dijo ella—. Verá las ágilas.

Jacob parecía determinado o incluso desesperado bajo la luz en la esquina de la calle, y sin embargo calmo. Estaba sufriendo, tal vez. Era crédulo. Sin embargo había algo cáustico en él. Tenía en él la semilla de la desilusión extrema, que vendría a él por mujeres de mediana edad. Tal vez si uno se esforzaba lo suficiente como para llegar a la cima de la colina se libraría de ella... esta desilusión venida por las mujeres de mediana edad.

—El hotel es horrible —dijo ella—. Los huéspedes anteriores dejaron los lavabos llenos de agua sucia. Es siempre así —rio ella.

—La gente que uno conoce *es* bestial —dijo Jacob.

Su excitación quedaba lo suficientemente clara.

—Escríbame y cuénteme sobre ello —dijo ella—. Y cuénteme lo que siente y lo que piensa. Cuénteme todo.

Era una noche oscura. La Acrópolis era una loma dentada.

—Eso quisiera, eso quisiera enormemente —dijo él.

—Cuando estemos de vuelta en Londres, tenemos que vernos...

—Sí.

—¿Supongo que dejan los pórticos abiertos? —preguntó él.

—¡Podemos treparlos! —contestó ella, salvajemente.

Oscureciendo la luna y ensombreciendo toda la Acrópolis las nubes pasaron del este al oeste. Las nubes se solidificaron; los vapores se espesaron; los velos que vagaban se detuvieron y se acumularon.

Ahora era de noche en Atenas, excepto por las vetas de un rojo vaporoso donde corren las calles; y el frente del palacio, cadavérico con la luz eléctrica. En el mar, los muelles se destacaban, marcados por puntos separados; las olas eran invisibles, y los promontorios y las islas eran gibas oscuras con unas pocas luces.

—Me gustaría mucho ir con mi hermano, si es posible —murmuró Jacob.

—Y cuando su madre venga a Londres... —dijo Sandra.

Del lado del continente Grecia estaba oscura; y en alguna parte cerca de Eubea una nube debe haber tocado las olas y haberlas salpicado... los delfines hacían círculos más y más profundos en el mar. Violento era el viento, ahora con ráfagas por el mar de Mármara, entre Grecia y las planicies de Troya.

En Grecia y en las tierras altas de Albania y Turquía, el viento frega la arena y el polvo, y se carga a sí mismo, espeso de partículas secas. Y entonces acribilla las suaves cúpulas de las mezquitas, y hace que los cipreses, sosteniéndose rígidos al lado de los turbantes de las lápidas mahometanas, crujan y se ericen.

Los velos de Sandra se enrollaban en torno a ella.

—Le daré mi ejemplar —dijo Jacob—. Aquí está. ¿Lo guardará usted?

(El libro eran los poemas de Donne).

Ora la agitación en el aire descubre una estrella fugaz. Ora estaba oscuro. Ora las luces se extinguían una tras otra. Ora las grandes ciudades... París... Constantinopla... Londres... estaban negras como rocas esparcidas. Se podía distinguir los canales. En Inglaterra los árboles estaban pesados de hojas. Aquí también, en algún bosque meridional un viejo hombre encendió helechos secos y los pájaros estaban sobresaltados. Las ovejas tosían; una flor se encorbaba ligeramente hacia otra. El cielo inglés es más suave, más lechoso que los orientales. Algo amable le ha sido traspasado por las colinas redondeadas de hierba, algo húmedo. El temporal cargado de sal soplaba en la ventana del dormitorio de Betty Flanders, y la señora viuda, levantándose ligeramente sobre su codo, suspiró como uno que se da cuenta, pero que quisiera mantenerse un poco más... ¡oh, un poco más!... la opresión de la eternidad.

Pero retornemos a Jacob y Sandra.

Han desaparecido. Allí estaba la Acrópolis; pero ¿la han alcanzado? Las columnas y el templo permanecen; la emoción de los vivientes se abre camino nuevamente año tras año; y de eso, ¿qué permanece?

En cuanto a alcanzar la Acrópolis, ¿quién puede decir si lo lograremos alguna vez, o si cuando Jacob se levantó a la mañana siguiente no encontró nada sólido y durable para guardar para siempre? Aún así, fue con ellos a Constantinopla.

Sandra Wentworth Williams, con certeza, se levantó para encontrar el ejemplar de los poemas de Donne sobre su tocador. Y el libro quedaría parado sobre el estante de la casa de campo inglesa donde la *Vida del Padre Damián* en verso de Sally Duggan lo acompañaría uno de estos días. Ya había diez o doce volúmenes. Paséandose al atardecer, Sandra abriría uno de los libros y sus ojos brillarían (pero no a causa de las palabras impresas), y dejándose caer en el sillón, volvería a aspirar el alma del momento; o, porque a veces estaba agitada, sacaría libro por libro y recorrería nuevamente el camino de su vida como un acróbata que se balancea de barra en barra. Ella había tenido sus momentos bellos. Entretanto, el gran reloj sobre el rellano hacía oír su tictac y Sandra habría escuchado el tiempo acumulándose, y preguntado: «¿Para qué? ¿Para qué?».

«¿Para qué? ¿Para qué?», diría Sandra, guardando el libro, y dirigiéndose lentamente hacia el espejo y alisando sus cabellos. Y Miss Edwards estaría sobresaltada en la cena, mientras abría su boca para aceptar el cordero asado, por la súbita solicitud de Sandra: «¿Es usted feliz, Miss Edwards?», una cosa a la que Cissy Edwards no ha pensado por años.

«¿Para qué? ¿Para qué?», Jacob no se preguntaba nunca ese tipo de cuestiones, a juzgar por su manera de enlazar sus botas; afeitarse solo; a juzgar por lo profundo que fue su sueño esa noche, con el viento trepidando en las persianas, y media docena de mosquitos cantando en los oídos. Él era joven... un hombre. Y entonces Sandra estaba en lo cierto cuando lo calificó de crédulo aún. A los cuarenta podía ser diferente. Él ya había marcado las cosas que le gustaban en Donne, y ya eran lo suficientemente feroces. Sin embargo, uno podía poner al costado de estos pasajes la más pura poesía de Shakespeare.

Pero el viento hacía rodar la oscuridad por las calles de Atenas, lo hacía rodar, uno debe suponer, con una suerte de energía que atropellaba con un humor que prohíbe un análisis demasiado cercano de los sentimientos de ninguna persona, o un examen de sus rasgos. Todos los rostros... griegos, levantinos, turcos, ingleses... hubieran parecido bastante similares en la oscuridad. Al fin las columnas y los templos palidecen, se tornan amarillentos, rosáceos; y las pirámides y San Pedro se alzan, y por último, indolente, St Paul resurge.

Los cristianos tienen el derecho de despertar la mayoría de las ciudades con su interpretación del significado del día. Entonces, de manera menos melodiosa, los disidentes de diferentes sectas emiten una enmienda rabiosa. Los barcos a vapor, resonando como diapasones gigantes, afirman el viejo viejo hecho... cómo hay un mar oscilando fuera, frío y verde. Pero en estos días es la voz fina del deber, silbando y trazando un hilo blanco desde lo alto de una chimenea de fábrica, la que recolecta las más grandes multitudes, y la noche no es sino un largo suspiro emitido entre golpes de martillo, una inspiración profunda... uno puede escucharla desde una ventana abierta incluso en el corazón de Londres.

¿Pero quién, salvo los neurasténicos y los insomnes, o los pensadores parados sobre un peñasco arriba de la multitud, con las manos cubriéndose los ojos, pueden ver las cosas así en su contorno esquelético, desnudo de carne? En Surbiton el esqueleto está envuelto de carne.

—La pava nunca hierve tan bien en una mañana soleada —dice Mrs Grandage, dando un vistazo al reloj sobre la repisa. Entonces el gato persa de color gris se estira en la banqueta frente a la ventana, y zarandea una mariposa nocturna con sus suaves y redondeadas zarpas. Y antes de haber llegado a la mitad del desayuno (estaban retrasados hoy), un bebé es depositado sobre su falda, y ella tiene que controlar la azucarera mientras Tom Grandage lee el artículo sobre golf en el *Times*, bebe a sorbos su café, limpia sus bigotes, y parte para la oficina, donde él es la mayor autoridad en comercio exterior y está recomendado para un ascenso. El esqueleto está bien envuelto en carne. Incluso esta noche oscura cuando el viento hace rodar la oscuridad por Lombard Street y Fetter Lane y Bedford Square y mueve (dado que es verano y el momento fuerte de la temporada) los plátanos tachonados con luces eléctricas, y las cortinas aún preservando el cuarto de la llegada del alba. La gente aún murmurando las últimas palabras dichas en la escalera, o tensionada, entre sus sueños, por la voz del reloj despertador. Así, cuando el viento vaga a través de una selva se mueven innumerables ramitas; las colmenas son rozadas; los insectos se balancean sobre briznas de hierba; la araña corre rápidamente por una ranura en la corteza; y el aire entero tremula de respiraciones; tejido de filamentos elásticos.

Solo aquí... en Lombard Street y Fetter Lane y Bedford Square... cada insecto acarrea un globo terrestre en su cabeza, y las redes de la selva son esquemas que evolucionaron para la buena marcha de los negocios; y la miel es un tesoro de esta u otra clase; y el movimiento en el aire es la agitación indescriptible de la vida.

Pero el color retorna; monta a lo largo de tallos de hierba; se despliega en tulipanes y azafranes de primavera; raya sólidamente los troncos de los árboles; e invade la gaza del aire y las hierbas y los estanques.

El Banco de Inglaterra emerge; así como el Monument con su cabeza erizada de cabello dorado; los caballos de carga cruzando London Bridge se colorean de gris, de fresa y de hierro. Hay un zumbido de alas mientras los trenes suburbanos se apresuran en la terminal. Y la luz monta sobre los rostros de todas las altas casas ciegas, se cuela a través de una rendija y pinta las lustrosas cortinas carmesí que se balancean; las verdes copas de vino; las tazas de café; y las sillas colocadas de través.

La luz del sol da sobre los espejos para afeitarse; y los tarros de latón flamantes; sobre toda la alegre parafernalia del día; el brillante, inquisitivo, acorazado, resplandeciente día de verano, que desde hace mucho ha vencido al caos; que ha secado las melancólicas brumas medievales; escurrido el pantano y colocado cristal y piedra sobre él; y equipado nuestros cerebros y cuerpos con un arsenal de armas que hace que la simple vista del destello y del ímpetu de los miembros dedicados a la conducción de la vida cotidiana sea mejor que el viejo desfile de armadas desplegadas en orden, sobre la planicie, para la batalla.

Capítulo trece

—El momento fuerte de la temporada —dijo Bonamy.

El sol ya había agrietado la pintura en el respaldo de las sillas verdes de Hyde Park; pelado la corteza de los plátanos; y convertido la tierra en polvo y en suaves guijarros amarillentos. Hyde Park estaba circundado, incesantemente, por ruedas tornando.

—El momento fuerte de la temporada —dijo Bonamy sarcásticamente.

Él estaba siendo sarcástico a causa de Clara Durrant; a causa de Jacob que había vuelto de Grecia muy bronceado y delgado, con sus bolsillos llenos de billetes griegos, que sacó cuando el cochero vino a reclamar sus peniques; a causa de Jacob que estaba silencioso.

«No ha dicho una palabra mostrando que está contento de verme», pensó Bonamy amargamente.

Los automóviles pasaban incesantemente sobre el puente del Serpentine; la gente de clase alta caminaba erguida, o se combaba graciosamente sobre las empalizadas; la gente de clase popular estaba acostada, con las rodillas plegadas, la espalda plana; las ovejas pastaban sobre sus patas de madera puntiagudas; los niñitos descendían corriendo por la cuesta de hierba, abrían los brazos, y caían.

—Muy urbano —sentenció Jacob.

«Urbano», en los labios de Jacob, cobró misteriosamente toda la forma de un carácter que Bonamy consideraba diariamente más sublime, devastador, aterrador que nunca, aun si todavía era, y tal vez lo sería por siempre, primitivo, oscuro.

¡Qué superlativos! ¡Qué adjetivos! ¿Cómo absolver a Bonamy de la sentimentalidad más grosera; de dejarse llevar como un corcho sobre las aguas; de no tener una perspicacia equilibrada acerca del carácter; de no contar con el apoyo de la razón, y de no obtener ningún consuelo de las obras de los autores clásicos?

—El punto más fuerte de la civilización —dijo Jacob.

Le daba placer usar palabras latinas.

Magnanimidad, virtud... palabras similares, cuando Jacob las usaba en la conversación con Bonamy significaban que él controlaba la situación; que Bonamy jugaría en torno a él como un spaniel afectuoso; y que (tan probable como no) terminarían rodando por el suelo.

—¿Y Grecia? —dijo Bonamy—. ¿El Partenón y todo eso?

—No hay nada allí de este misticismo europeo —dijo Jacob.

—Es la atmósfera, supongo —dijo Bonamy—. ¿Y fuiste a Constantinopla?

—Sí —dijo Jacob.

Bonamy hizo una pausa, desplazó un guijarro; luego lanzó su flecha, con la rapidez y la certeza de la lengua de un lagarto.

—¡Estás enamorado! —exclamó él.

Jacob se ruborizó.

El más filoso de los cuchillos nunca cortó tan profundo.

En cuanto a responder, o al menos hacerse cargo de alguna manera, Jacob miró directamente al frente, fijo, monolítico... ¡oh, tan hermoso!... como un almirante británico, exclamó Bonamy colérico, levantándose de su asiento y marchándose; esperando algún sonido; ninguno llegó; demasiado orgulloso como para mirar atrás; caminando más y más rápido hasta que se encontró mirando los automóviles y maldiciendo a las mujeres. ¿Dónde se encontraba el rostro de esta bella mujer? ¿El de Clara... de Fanny... de Florinda? ¿Quién era esta pequeña y bella criatura?

No era Clara Durrant.

El terrier escocés necesita que lo paseen, y como Mr Bowley partía en ese mismo instante... no hay nada que quisiera más que una caminata... fueron juntos, Clara y el gentil y pequeño Bowley... Bowley, que tenía su apartamento en el Albany; Bowley, que escribía cartas al *Times* con vena jocosa acerca de hoteles extranjeros y las auroras boreales... Bowley, que gustaba de la gente joven y descendía por Piccadilly con su brazo derecho descansando sobre la protuberancia de su espalda.

—¡Pequeño demonio! —gritó Clara, y ató Troy a su cadena.

Bowley anticipaba... esperaba... una confidencia. Devota a su madre, Clara a veces sentía que ella era, bueno, que su madre era tan segura de sí misma que ella no podía entender que las otras personas sean... sean... «tan absurdas como yo», soltó Clara (el perro jalándola hacia delante). Y Bowley pensó que ella parecía una cazadora y daba vueltas en su mente pensando en cuál de ellas sería... alguna pálida virgen con una brizna de luna en sus cabellos, lo que, viniendo de Bowley, era una fantasía.

Había rubor en sus mejillas. Haber hablado directamente sobre su madre... aun así, era solamente a Mr Bowley, que la amaba, como a todo el mundo, seguramente; pero hablar era poco natural para ella, y sin embargo era horrible sentir, como lo había hecho todo el día, que ella *tenía* que decírselo a alguien.

—Espera hasta que hayamos cruzado la calle —dijo ella al perro, inclinándose.

Felizmente en ese momento ya se había recuperado.

—Piensa tanto en Inglaterra —dijo ella—. Está tan preocupada...

Bowley se sintió defraudado, como de costumbre. Clara nunca le hacía confidencias a nadie.

«¿Por qué los jóvenes no solucionan esto, eh?», quería preguntar él. «¿Qué es todo esto acerca de Inglaterra?», una pregunta que la pobre Clara no habría podido responder, dado que, mientras Mrs Durrant discutía con Sir Edgar acerca de la política de Sir Edward Grey, Clara solamente se preguntaba por qué el armario tenía tanto polvo, y por qué Jacob no había venido nunca. Oh, aquí estaba Mrs Cowley Johnson...

Y Clara distribuyó las pequeñas tazas de porcelana, y sonrió al cumplido... que nadie en Londres hacía el té tan bien como ella.

—Nos abastecemos en Brocklebank's —dijo ella—, en Cursitor Street.

¿No tenía que estar agradecida? ¿No tenía que ser feliz? Especialmente desde que su madre parecía estar tan bien y disfrutaba tanto hablando a Sir Edgar acerca de Marruecos, Venezuela, o algún lugar similar.

«¡Jacob! ¡Jacob!», pensó Clara; y el amable Mr Bowley, que era siempre tan bueno con las viejas damas, miró; se detuvo; se preguntó si Elizabeth no era demasiado estricta con su hija; se preguntó acerca de Bonamy, de Jacob... ¿de qué joven se trataba?... y se levantó de un salto en el momento en que Clara dijo que había que pasear a Troy.

Habían llegado al sitio de la vieja Exposición. Miraron los tulipanes. Rígidos y espiralados, estos pequeñas tallos de suavidad de cera se levantaban de la tierra, nutridos pero contenidos, bañados de escarlata y rosa coral. Cada uno tenía su sombra; cada uno crecía con esbeltez en el parterre con forma de diamante, tal como el jardinero lo había planeado.

«Barnes nunca logra que crezcan así», caviló Clara; ella suspiró.

—Usted está desatendiendo a sus amigos —dijo Bowley, mientras alguien, yendo en la dirección opuesta, levantó su sombrero. Ella se sobresaltó; devolvió el saludo a Mr Lionel Parry; malgastó en él lo que había surgido para Jacob.

(«¡Jacob! ¡Jacob!», pensó ella).

—Pero te van a atropellar si te dejo libre —dijo ella al perro.

—Parece que Inglaterra está haciendo lo correcto —dijo Mr Bowley.

La curva de la barandilla debajo de la estatua de Aquiles estaba llena de parasoles y de chalecos; cadenas y brazaletes; de damas y caballeros, holgazaneando elegantemente, observando ligeramente.

—«Esta estatua fue erigida por las mujeres de Inglaterra...» —leyó Clara con una pequeña risa tonta—. ¡Oh, Mr Bowley! ¡Oh! —al galope... al galope... al galope... un caballo pasó galopando sin jinete. Los estribos oscilaban; los guijarros volaban escupidos.

—¡Oh, detente! ¡Deténgalo, Mr Bowley! —gritó ella, pálida, temblando, aferrando su brazo, completamente inconsciente, las lágrimas viniéndole a los ojos.

—¡Vamos! ¡Vamos! —dijo Mr Bowley en su vestidor, una hora más tarde—. ¡Vamos! ¡Vamos! —... un comentario que era lo suficientemente profundo, aunque expresado de manera inarticulada, dado que su valet le estaba alcanzando los gemelos.

Julia Eliot, también, había visto el caballo escapándose, y se había levantado de su asiento para ver el fin del incidente, el que, dado que ella viene de una familia que acostumbra cazar, le parecía un poco ridículo. De hecho el hombrecillo vino corriendo muy irritado, persiguiéndolo; y un policía lo estaba ayudando a montar cuando Julia Eliot, con una sonrisa sardónica, se tornó hacia Marble Arch para continuar con su buena obra. Era solo una visita a la anciana dama enferma que había conocido a su madre y tal vez al Duque de Wellington; porque Julia compartía el amor propio a su sexo por los afligidos; le gustaban las visitas a los lechos de muerte; tiraba las pantuflas en los casamientos; recibía confidencias por docenas; conocía más de linajes que un erudito conoce de fechas, y era una de las más amables, de las más generosas, de las menos púdicas, de las mujeres.

Sin embargo, después de haber pasado la estatua de Aquiles ella parecía transportada como alguien que se cuela entre la multitud una tarde de verano, cuando los árboles susurran con sus hojas, las ruedas remolinean amarillas, y el tumulto del presente parece una elegía a la juventud pasada y a los veranos pasados, y allí se alza en su mente una curiosa tristeza, como si el tiempo y la eternidad se mostraran a través de las faldas y los chalecos, y viera la gente pasando trágicamente hacia la destrucción. Sin embargo, Dios lo sabe, Julia no era idiota. No había una mujer más despierta que ella para una ganga. Siempre era puntual. El reloj en su puño le dió doce minutos y medio en los que tenía que llegar a Bruton Street. Lady Congreve la esperaba a las cinco.

El reloj dorado de Verrey's dio las cinco.

Florinda lo miraba con una expresión embotada, como un animal.

Ella miraba el reloj; miraba la puerta; miraba el gran espejo frente a ella; dejó su capa; se acercó a la mesa, porque estaba embarazada... no había ninguna duda, Madre Stuart lo había dicho, recomendando remedios, consultando amigos; hundida, asida por el talón, en un momento en el que ella danzaba tan ligeramente sobre la superficie.

El camarero le sirvió su vaso de rosado líquido dulce; y ella sorbió, por la pajilla, sus ojos en el espejo, en la puerta, ahora aplacados por el gusto dulce. Cuando Nick Bramham llegó quedó claro, incluso para el camarero suizo, que había una intriga entre ellos. Nick tironeó de sus ropas de manera bastante torpe; hizo correr sus dedos por su cabello; se sentó, para asistir a lo que iba a ser un suplicio, nerviosamente. Ella lo miró; y se largó a reír; rio... rio... rio. El camarero suizo, parado, con las piernas cruzadas junto a la columna, rio también.

La puerta se abrió; entró el rugido de Regent Street, el rugido del tráfico, impersonal, implacable; y entró la luz del sol granulada con polvo. El camarero suizo tenía que ocuparse de los recién llegados. Bramham levantó su copa.

—Es como Jacob —dijo Florinda, mirando al recién llegado.

—La manera en la que mira fijamente. —Ella dejó de reír.

Jacob, inclinándose hacia delante, dibujó un plano del Partenón en el polvo de Hyde Park, una red de trazos por lo menos, que podrían haber sido el Partenón, o incluso un diagrama matemático. ¿Y por qué estaba el guijarro tan enfáticamente cimentado en la esquina? No era para contar sus billetes que sacó un fajo de papeles y leyó una larga carta fluida que Sandra había escrito dos días atrás en Milton Dower House con el libro de él delante suyo y en su mente la memoria de algo dicho o intentado, algún momento en la oscuridad en la ruta a la Acrópolis que (así decía su credo) importaba para siempre.

«Él es», caviló ella, «parecido a ese hombre en Molière».

Quería decir Alceste. Quería decir que él era severo. Quería decir que ella podía engañarlo.

«¿O podría ser que no?», pensó ella, colocando nuevamente los poemas de Donne en la biblioteca. «Jacob», continuó ella, dirigiéndose hacia la ventana y mirando sobre los parterres manchados de flores, a través de la hierba, donde las vacas picazas pastaban bajo las hayas, «Jacob se horrorizaría».

El cochecito de bebé pasaba a través del pequeño pórtico de la barandilla. Ella le envió un beso con su mano, Jimmy, bajo indicación de la niñera, agitó la suya.

Él es como un niñito —dijo ella, pensando en Jacob.

Y sin embargo... ¿Alceste?

—¡Qué molestia que es usted! —refunfuñó Jacob, extendiendo primero una pierna y luego la otra y hurgando en cada uno de los bolsillos de su pantalón, buscando el tique por su asiento.

—Parece que se lo comieron las ovejas —dijo él—. ¿Para qué tiene usted ovejas?

—Disculpe la molestia, señor —dijo el inspector, su mano enterrada en la enorme bolsa de peniques.

—Bueno, espero que le paguen por la tarea —dijo Jacob—. Aquí tiene. No. Puede guardar el cambio. Vaya y emborráchese.

Se había deshecho de media corona, tolerante, compasivo, con considerable desdén por el género humano.

Incluso ahora la pobre Fanny Elmer estaba tratando, con su manera incompetente, mientras caminaba a lo largo de la Strand, de comprender esta manera tan descuidada, indiferente, sublime, que él tenía de hablar con los guardas ferroviarios o los porteros; o a Mrs Whitehorn, cuando ella le consultaba a él sobre su niñito a quién el maestro lo castigaba a golpes.

Sostenida enteramente estos dos últimos meses por cartas postales, la idea que Fanny tenía de Jacob era más escultural, noble y ciega que nunca. Para reforzar su visión ella había adquirido la costumbre de visitar el British Museum, donde, manteniendo la vista baja hasta que estaba frente al abatido Ulises, abría los ojos y obtenía un nuevo impacto de la presencia de Jacob, el que bastaba por medio día. Pero esto estaba perdiendo su efecto. Y ahora ella escribía... poemas, cartas que no enviaba nunca, veía su rostro en vallas publicitarias, y cruzaba la calle para que el organillo transforme sus pensamientos en rapsodia. Pero, durante el desayuno (ella compartía un apartamento con una maestra), cuando la manteca untaba el plato, y entre los dientes de los tenedores había restos de vieja yema de huevo cuajada, ella revisaba estas visiones violentamente; estaba, verdaderamente, muy enfadada; perdiendo el color de su tez, como Margery Jackson le había dicho, y resumiendo todo (mientras se enlazaba las botas) a un nivel de agudeza materna, vulgaridad, y sentimiendo, porque también había estado enamorada; y a haber sido una tonta.

—Las madrinas tendrían que prevenirle a uno —dijo Fanny, mirando en el escaparate de Bacon, el vendedor de mapas, en el Strand... prevenir que no vale la pena hacer un escándalo; esto es la vida, tendrían que haberle dicho, como Fanny lo decía ahora, mirando el gran globo amarillo marcado con las líneas de los barcos a vapor.

—Así es la vida. Así es la vida —decía Fanny.

«Un rostro muy duro», pensó Miss Barrett, del otro lado del cristal, comprando mapas del desierto sirio y esperando impacientemente que la atiendan. «Las muchachas de hoy envejecen tan rápido».

El ecuador se balanceó a través de las lágrimas.

—¿Piccadilly? —preguntó Fanny al conductor del ómnibus, y ascendió a la imperial. Después de todo, él volvería, él debía volver a ella.

Pero Jacob estaría tal vez pensando en Roma; en la arquitectura; en la jurisprudencia; mientras estaba sentado bajo el plátano en Hyde Park.

El ómnibus se detuvo delante de Charing Cross; y detrás de él había un embotellamiento de ómnibus, camionetas, automóviles, porque una manifestación con pancartas estaba pasando por Whitehall, y la gente mayor descendía tiesa entre los puños de los resbalosos leones, donde habían testimoniado su fe, cantando animadamente, levantando sus ojos a la música y mirando al cielo, y aún sus ojos estaban en el cielo mientras marchaban bajo las letras doradas de su credo.

El tráfico se detuvo, y el sol, que ya no era refrescado por la brisa, se tornó casi demasiado caliente. Pero la manifestación pasó; las pancartas brillaron... mucho más allá, descendiendo Whitehall; el tráfico fue liberado; se sacudió; giró hasta que se convirtió en un suave y continuo alboroto; virando alrededor de la curva de Cockspur Street; y pasando por las oficinas del gobierno y las estatuas ecuestres descendiendo Whitehall hacia las agujas puntiagudas, la flota encadenada de los navíos de piedra gris, y el gran reloj blanco de Westminster.

Cinco campanadas entonó el Big Ben; Nelson recibió el saludo. Los cables del Almirantazgo tiritaron con alguna lejana comunicación. Una voz continuaba remarcando que los primeros ministros y los virreyes hablaban con el Reichstag; entraban en Lahore; decían que el emperador viajaba; en Milán había disturbios; había rumores en Viena; decían que el embajador en Constantinopla tenía audiencia con el Sultán; la flota estaba en Gibraltar. La voz continuaba, imprimiendo en los rostros de los empleados de ministerios en Whitehall (Timothy Durrant era uno de ellos) algo de su propia inexorable gravedad, mientras escuchaban, descifraban, escribían. Los papeles se acumulaban, inscritos con las palabras de los káisers, las estadísticas de los arrozales, el gruñido de centenas de trabajadores, conspirando una sedición en las calles secundarias, o reuniéndose en los bazares de Calcuta, o congregando las fuerzas en las tierras altas de

Albania, donde las colinas tienen el color de la arena, y los huesos yacen sin sepultura.

La voz hablaba simplemente en el calmo cuarto cuadrado de pesadas mesas, donde uno de los hombres mayores hacía anotaciones en los márgenes de las hojas mecanografiadas, su paraguas de empuñadura plateada descansaba contra una biblioteca.

Su cabeza... calva, marcada de venas rojas, que parecía vacía... representaba todas las cabezas en el edificio. Su cabeza, con los afables ojos pálidos, llevaba la carga del saber del otro lado de la calle; la depositó delante de sus colegas, que llegaron igualmente cargados; y entonces los dieciséis caballeros, levantando sus plumas o tornándose tal vez con un poco de lasitud en sus sillas, decretaron que el curso de la historia debía tomar esta o aquella forma, estando resueltamente determinados, como lo mostraban sus rostros, a imponer alguna coherencia a los rajás y a los káisers y a los rezongos en los bazares, las reuniones secretas, claramente visibles en Whitehall, de paisanos en fustanela en las tierras altas de Albania; para controlar el curso de los eventos.

Pitt y Chatham, Burke y Gladstone miraron de lado a lado con fijos ojos marmóreos y un aire de inmortal quiescencia que tal vez los vivos pueden haber enviado, ya que el aire estaba lleno de silbidos y sacudidas, mientras la manifestación y sus pancartas pasaba por Whitehall. Más aún, algunos estaban afectados de dispepsia; uno había quebrado los cristales de sus gafas en ese mismo momento; otro hablaba en Glasgow mañana; en general ellos parecían muy rojizos, gordos, pálidos o delgados, como para ocuparse, de la misma manera que lo habían hecho las cabezas de mármol, del curso de la historia.

Timmy Durrant en su pequeño cuarto en el Almirantazgo, yendo a consultar un libro azul, se detuvo por un momento junto a la ventana y observó el letrero atado alrededor de la farola.

Miss Thomas, una de las mecanógrafas, dijo a su amiga que si el Gabinete continuaba reunido por más tiempo iba a perder la cita con su novio delante del teatro Gaiety.

Timmy Durrant, volviendo con su libro azul bajo el brazo, notó un pequeño grupo de personas en la esquina de la calle; estaban apiñados como si uno de ellos supiera algo; y los otros, haciendo presión a su alrededor, miraban hacia arriba, miraban hacia abajo, miraban a lo largo de la calle. ¿Qué era lo que él sabía?

Timothy, colocando el libro azul delante de él, estudió un papel que el Tesoro había hecho circular con información. Mr Crawley, su colega, ensartó una carta en un pincho.

Jacob se levantó de su silla en Hyde Park, rompió su boleto en pedazos, y se marchó.

«Una puesta de sol tal», escribía Mrs Flanders en su carta a Archer en Singapur, «que uno no puede convencerse de ir adentro», escribía. «Parece una maldad desperdiciar incluso un momento».

Las largas ventanas de Kensington Palace se enardecieron con un vívido rosa cuando Jacob se alejaba; una bandada de patos salvajes voló sobre el Serpentine; y los árboles se tenían parados contra el cielo, negros, magníficos.

«Jacob», escribía Mrs Flanders, con la luz rojiza sobre su página, «trabaja duro luego de su agradable viaje...».

—El káiser —remarcaba la voz en la lejanía en Whitehall—, me recibió en audiencia.

—¡Ah! Yo conozco ese rostro... —dijo el Reverendo Andrew Floyd, saliendo de la tienda Carter's en Piccadilly—, ¿pero quién diantre...? —y miró a Jacob, dio una vuelta para poder mirarlo, pero no estaba seguro...

«¡Oh, Jacob Flanders!», recordó de golpe.

Pero él era tan alto; iba tan sin cuidado; un muchacho tan bello.

«Yo le regalé las obras de Byron», caviló Andrew Floyd, y se alistó a continuar, mientras Jacob cruzaba la calle, y dejó pasar el momento, y perdió la oportunidad.

Otra manifestación, sin pancartas, bloqueaba Long Acre. Los carruajes, con viudas en amatista y caballeros manchados de claveles, interceptaban taxis y los automóviles doblaban en dirección contraria, en ellos estaban apoltronados hombres hastiados en chalecos blancos, de camino a casa y a sus macizos de arbustos y cuartos de billar en Putney y en Wimbledon.

Dos organillos tocaban junto al bordillo, y los caballos saliendo de Aldridge's con etiquetas blancas sobre las nalgas trataron de atravesar la calle y fueron fuertemente repelidos.

Mrs Durrant, sentada con Mr Wortley en un automóvil, estaba impaciente, temiendo que iban a perder la obertura.

Pero Mr Wortley, siempre fino y cortés, siempre puntual para la obertura, abotonó sus guantes, y admiró a Miss Clara.

—¡Es una pena pasar una noche así en el teatro! —dijo Mrs Durrant, viendo arder todos los escaparates de los fabricantes de coches en Long Acre.

—¡Piensa en tus páramos! —dijo Mr Wortley a Clara.

—¡Ah! pero a Clara le gusta más esto —rio Mrs Durrant.

—No sé... realmente —dijo Clara, mirando a los ardientes escaparates. Ella se sobresaltó.

Ella vio a Jacob.

—¿Quién es? —preguntó Mrs Durrant secamente, inclinándose hacia delante.

Pero no vio a nadie.

Bajo el arco de la ópera los rostros gruesos y los delgados, los empolvados y los belludos, todos se enrojecieron de la misma manera al atardecer; y estimuladas por las grandes lámparas colgando con sus luces primaverales tamizadas, por la marcha, y el escarlata, y la pomposa ceremonia, algunas damas miraron por un momento en el tufillo de los dormitorios cercanos, donde mujeres con el cabello suelto se apoyaban en las ventanas, donde las muchachas... donde los niños... (los grandes espejos sostenían a las mujeres suspendidas en el aire) pero uno debe continuar; uno no debe bloquear el paso.

A los páramos de Clara no les faltaba belleza. Los fenicios durmieron bajo las grises rocas apiladas; las chimeneas de las viejas minas apuntaban descarnadamente; tempranas mariposas nocturnas ensombrecían las campanillas de los brezos; los carros a ruedas dejaban escuchar su chirrido en la carretera, abajo, a lo lejos; y los ruidos de succión y el suspirar de las olas sonaban amablemente, persistentemente, para siempre.

Protegiéndose los ojos con su mano, Mrs Pascoe estaba parada en su huerta de coles mirando hacia el mar. Dos barcos a vapor y una nave a vela se cruzaron los unos a los otros; se pasaron los unos a los otros; y en la bahía las gaviotas seguían posándose en un tronco, levantándose hacia lo alto, retornando al tronco, mientras algunas se dejaban llevar sobre las olas y se paraban al borde del agua hasta que la luna tiñó todo hasta la blancura.

Ya hacía tiempo que Mrs Pascoe había entrado a su casa.

Pero la luz rojiza sobre las columnas del Partenón, y las mujeres griegas que estaban tejiendo sus medias y a veces gritando a los niños para que vengan y les saquen los insectos de la cabeza estaban tan joviales como aviones zapadores en el calor, discutiendo, riñendo, amamantando sus bebés, hasta que los barcos en el Pireo detonaron sus armas.

El sonido se expandió en un plano, y luego acanaló su camino con explosiones intermitentes en los brazos de mar entre las islas.

La oscuridad cae como un cuchillo sobre Grecia.

—¿Los cañones? —dijo Betty Flanders, medio adormecida, saliendo de la cama y dirigiéndose a la ventana que estaba decorada con un marco de hojas oscuras.

«No a esta distancia», pensó ella. «Es el mar».

De nuevo, a la distancia, ella escuchó el ruido soso, como si mujeres nocturnas estuvieran sacudiendo grandes alfombras. Allí estaba Morty perdido, y Seabrook muerto; sus hijos luchando por su país. Pero ¿los pollos estaban seguros? ¿Había alguien caminando escaleras abajo? ¿Rebecca con un dolor de dientes? No. Las mujeres nocturnas estaban sacudiendo grandes alfombras. Sus gallinas se movieron ligeramente en sus perchas.

Capítulo catorce

«Dejó todo tal como estaba», se maravilló Bonamy. «No acomodó nada. Todas sus cartas desparramadas por todos lados para que cualquiera las lea. ¿Qué esperaba? ¿Pensó que iba a volver?», caviló él, parado en medio del cuarto de Jacob.

El siglo XVIII tiene su distinción. Estas casas han sido construidas, digamos, hace unos ciento cincuenta años. Los cuartos son bien proporcionados, los techos altos; sobre el umbral una rosa o un cráneo de carnero están tallados en la madera. Incluso los paneles, pintados con tinta color frambuesa, tienen su distinción.

Bonamy tomó una factura por una fusta de caza.

—Esto parece estar pago —dijo él.

Allí estaban las cartas de Sandra.

Mrs Durrant invitaba a un grupo de amigos a Greenwich.

Lady Rocksbier esperaba tener el placer de...

Lánguido es el aire de un cuarto vacío, apenas inflando la cortina; las flores en el jarrón se mueven. Una fibra del sillón de mimbre cruje, aunque nadie se sienta allí.

Bonamy cruzó el cuarto, hasta la ventana. La camioneta de Pickford's osciló debajo, en la calle. Los ómnibus estaban bloqueados entre ellos en la esquina de la biblioteca Mudie's. Los motores vibraban, y los carreteros, frenando en seco, tiraron fuertemente de sus caballos. Una voz cruda e infeliz gritó algo ininteligible. Y entonces, súbitamente, todas las hojas parecieron levantarse por sí solas.

—¡Jacob! ¡Jacob! —gritó Bonamy, parado junto a la ventana. Las hojas se hundieron nuevamente.

—¡Qué desorden por todos lados! —exclamó Betty Flanders, abriendo bruscamente la puerta del dormitorio.

Bonamy se alejó de la ventana.

—¿Qué voy a hacer con esto, Mr Bonamy?

Ella sostenía un par de zapatos viejos de Jacob.

Rosetta Edu

CLÁSICOS EN ESPAÑOL

Esperamos que haya disfrutado esta lectura. ¿Quiere leer otra obra de nuestra colección de *Clásicos en español*?

En nuestro Club del Libro encontrarás artículos relacionados con los libros que publicamos y la literatura en general. ¡Suscríbete en nuestra página web y te ofrecemos un ebook gratis por mes!

Recibe tu copia totalmente gratuita de nuestro *Club del libro* en rosettaedu.com/pages/club-del-libro

Rosetta Edu

CLÁSICOS EN ESPAÑOL

Una habitación propia se estableció desde su publicación como uno de los libros fundamentales del feminismo. Basado en dos conferencias pronunciadas por Virginia Woolf en colleges para mujeres y ampliado luego por la autora, el texto es un testamento visionario, donde tópicos característicos del feminismo por casi un siglo son expuestos con claridad tal vez por primera vez.

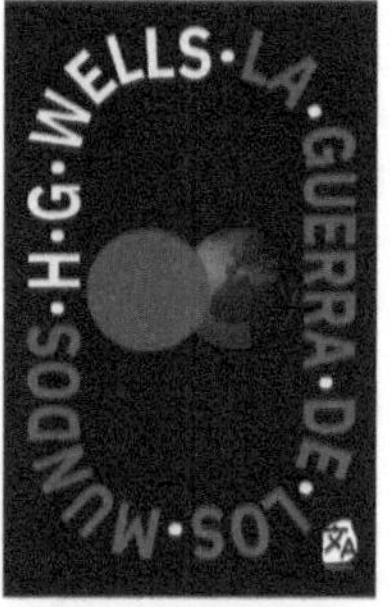

Basta pensar que *La guerra de los mundos* fue escrito entre 1895 y 1897 para darse cuenta del poder visionario del texto. Desde el momento de su publicación la novela se convirtió en una de las piezas fundamentales del canon de las obras de ciencia ficción y el referente obligado de guerra extraterrestre.

Otra vuelta de tuerca es una de las novelas de terror más difundidas en la literatura universal y cuenta una historia absorbente, siguiendo a una institutriz a cargo de dos niños en una gran mansión en la campiña inglesa que parece estar embrujada. Los detalles de la descripción y la narración en primera persona van conformando un mundo que puede inspirar genuino terror.

rosettaedu.com

Rosetta Edu

EDICIONES BILINGÜES

De Jacob Flanders no se sabe sino lo que se deja entrever en las impresiones que los otros personajes tienen de él y sin embargo él es el centro constante de la narración. La primera novela experimental de Virginia Woolf trabaja entonces sobre ese vacío del personaje central. Ahora presentado en una edición bilingüe facilitando la comprensión del original.

Durante décadas, y acercándose a su centenario, *El gran Gatsby* ha sido considerada una obra maestra de la literatura y candidata al título de «Gran novela americana» por su dominio al mostrar la pura identidad americana junto a un estilo distinto y maduro. La edición bilingüe permite apreciar los detalles del texto original y constituye un paso obligado para aprender el inglés en profundidad.

El Principito es uno de los libros infantiles más leídos de todos los tiempos. Es un verdadero monumento literario que con justicia se ha convertido en el libro escrito en francés más impreso y traducido de toda la historia. La edición bilingüe francés / español permite apreciar el original en todo su esplendor a la vez que abordar un texto fundamental de la lengua gala.

rosettaedu.com